最强大脑版
少年探案王

埃及艳后的眼睛

[德] 法比安·蓝柯 著
苏丹 译

海峡出版发行集团　福建少年儿童出版社

少年探案王 人物档案
最强大脑版

吉米 勇气少女
口头禅 我愿意为真相赴汤蹈火！

人物特点
敏捷机灵，观察力敏锐，
充满正义感，有时有些冒失。

莱昂 运动健将
口头禅 来一场旅行如何？

人物特点
脸上有雀斑，热爱运动。
思考问题时，
会不自觉地拉自己的耳垂。

朱利安 超级智多星
口头禅 你想知道真相吗？

人物特点
历史知识渊博，
善于搜集分析线索，
指出问题所在。

尼尔斯 大胃王
口头禅 吃能解决一切困难!

人物特点
爱吃爱睡,
还爱跟三个少年探案王
唱反调!

泰伯曼 历史老师
口头禅 在历史的世界里,
光"觉得"是没有用的!

人物特点
虽然年轻,但十分严谨和老成,
醉心于历史,喜欢发掘历史未解之谜。

吉娅 来自远古的猫咪
口头禅 喵——

人物特点
来自古埃及的神秘猫咪,
目前寄住在吉米家中。
有着琥珀色皮毛和祖母绿的眼睛。
在探案过程中,看似优哉游哉,
实则关注着每一个细节,
总能为困境中的少年创造机遇。

少年探案王,欢迎你的加入!

时空穿越谜境

穿越吧！挑战千百年前的未解之谜！

什么是天宝？

天宝，能够穿越时空的"时间黑洞"
隐藏在少年探案王最常去的那个图书馆里

穿越时空的
少年探案王

敏捷的吉米、聪明的朱利安、热爱运动的莱昂和神秘的埃及猫咪吉娅，是非常要好的朋友，他们有一个超级大秘密——

他们有圣巴塞洛缪修道院图书馆的钥匙。这可不是一个普通的图书馆哦——在这个图书馆里，隐藏着一个巨大的机器，它既不是用来印刷图书，也不是用来储藏资料的，它能带你穿越时空，回到过去的任何一个时间点，它就是时空穿梭机——"天宝"。

"天宝"有成千上万扇门，每一扇门后面都藏着一个时空。通过这些门，吉米、朱利安、莱昂和吉娅就可以回到任意时空——猫咪吉娅便是小伙伴们第一次历险时从古埃及带回来的呢。

每当吉米、朱利安和莱昂对某一个惊心动魄的时代或者历史上某一桩神秘的案件感兴趣的时候，他们就会借助"天宝"回到过去。

当然，"天宝"还会把他们带回现实世界，但他们必须来到穿越到过去时的"出口"，才能"原路返回"现实世界。

嘘，还有一个小秘密，那就是无论他们穿越回古代多久，在现实世界里，时间可能只过了几秒钟，没有人会察觉到小小侦探们的神秘穿越之旅……

跟着少年探案王，一起穿越历史，回到过去破解千年疑案，开启你不可思议的旅程！

目录

美人已然来临　1

驾临窗上的目标　12

宫中破案　24

神庙中的离奇之死　35

雕塑大师　43

冒险偷听　57

刺客的真身　70

受伤的心　84

神秘的时空旅行+未解的历史谜题
冒险探案+逻辑推理，全面激活你的大脑吧！

雕塑大师的秘密　97

蝎子计划　106

神秘大船的主人　121

秘密抽屉　132

艰难的抉择　139

慧眼识艺术　149

阿赫塔顿的短暂繁荣　152

跟着少年探案王，

一起穿越历史，回到过去，

破解千年疑案，

开启你不可思议的旅程！

美人已然来临

"哦,你的雕塑看上去好奇怪呀!"吉米略带嘲笑地说道。

"哪里会?!"莱昂抬起头,有点不满地回道。

同学们正在上一堂陶艺课,他们要用陶土做头像。二十几张桌子前站满了小艺术家,他们当中有手巧的,也有手拙的,艺术老师在他们身边走来走去,每个同学的表现他都看在眼里,还时不时给予指导。

"我觉得,这真是……我该怎么形容呢?真是美极了!"莱昂满怀深情地欣赏着自己手中的作品。

"美?"吉米一脸坏笑地说道,"这玩意儿就像是一团皱巴巴的枯萎的菜叶子。"

"这可是耳朵!"莱昂驳斥道。

"是吗，耳朵？"吉米回应道，然后她的表情突然变得认真起来，"好吧，我来帮帮你。"

莱昂一边嘟囔着，一边给吉米让出地方。他知道，吉米已经上了两节陶艺课，捏起陶土来得心应手。

"应该这样做。"吉米一边说，一边把一堆烂泥巴捏成了一个头的形状。

"耳朵小一点，美丽的鼻子，别忘了嘴唇，哦，还有两只眼睛，对吧？"

莱昂兴奋地点点头："没错！"

这时轮到朱利安发话了："我的雕塑只有一只眼睛。"

"为什么呀？"吉米一边问，一边继续修整莱昂的陶土模型。

"因为她是纳芙蒂蒂。"朱利安神秘地说道，"我在仿制古埃及王后纳芙蒂蒂的那个著名的七彩半身像。"

吉米抬起头，不屑地问："难不成这世上再也没有比这更有名的半身像了？"

"没错，这座半身像可是埃及历史上最著名的雕塑艺术品之一，有三千多年的历史。"朱利安回应道，"而且雕塑被完整地保留下来了，简直是奇迹，但是缺了一只眼睛。"他指了指用来参考的纳芙蒂蒂半身像插图。

吉米走到朱利安的桌前，仔细端详着这张匀称而优雅的脸。王后头戴一顶简单的蓝色王冠，王冠大约有十五厘米高，中间镶有红蓝绿三色彩条拼接而成的装饰带，正前方还有一条金色的眼镜蛇。纳芙蒂蒂的面部表情柔美而又生动，皮肤看上去干净而又精致。她还有性感的嘴唇、笔挺的鼻子、杏仁般的眼睛。然而，吉米突然发觉，纳芙蒂蒂左边的眼睛没有瞳孔……

探案王训练营 1

请问以下哪一个是纳芙蒂蒂半身像？

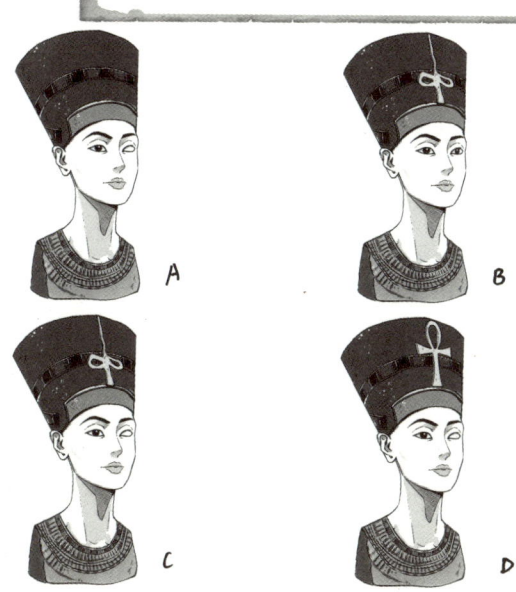

A   B

C   D

参考答案在第11页，你答对了吗？

"据我所知,她缺失左眼的原因对考古学家来说一直是个未解之谜。"朱利安补充道。

"也许是丢了吧。"莱昂加入了他们的讨论。

朱利安轻轻地抚摩着他的仿制品,那脖子如同天鹅颈般柔滑,说道:"可能吧,我打算今天下午去图书馆瞧瞧,或许能找到答案,你们一起来吗?"

吉米和莱昂当然会陪着他。

他们像以往一样,选了不对普通读者开放的时间来到圣巴塞洛缪修道院图书馆。朱利安有钥匙,所以他们不用非得图书馆开馆时才来。

这种行动,当然少不了那只与众不同的漂亮猫咪吉娅的参与。它一身琥珀色的皮毛,眼珠是祖母绿色的,浑身透着一股神秘而高贵的气质。当伙伴们来到历史书阅览区内,它熟练地跳上它最喜欢的那个窗台,舒服地蜷缩在上面,欣赏着落日余晖。

莱昂和朱利安开始在电脑上查阅资料,吉米则在书架上寻找关于纳芙蒂蒂的书籍,最后她从书架上抽出一本人物传记,躺在单人沙发里懒洋洋地看了起来。

"纳芙蒂蒂的丈夫是大名鼎鼎的埃赫那顿,古埃及第十八王朝法老,约公元前1364年至公元前1347年在位[1]。不过他具体的生活年代,史学家们还有

---

[1] 作者注:本书中关于人物的生活年代采用作家、历史学家菲利普·瓦德贝格(Philipp Vandenberg)的数据为参考,可能与其他数据有所出入。

争议。"

过了一会儿，吉米突然大声说道："纳芙蒂蒂和埃赫那顿起初是十分幸福的一对，后来像是陷入了一场危机。据推测，这与埃赫那顿的母亲提伊的强势性格有一定关系。有意思！我觉得更令人激动的是，这里还有一位我们的老相识，埃赫那顿的大臣不是别人，正是阿亚！就是我们上次冒险时在图坦卡蒙那里结识的那个家伙。"

"刚好，我们也查到了一些关于埃赫那顿的资料。"朱利安说道，"为了加强中央集权，他废除了诸如阿蒙神一类的旧神祇，强制推行对太阳神阿顿的崇拜。阿顿神以太阳轮盘的形象出现，从圆盘上射出光芒降到人的手上。埃赫那顿原名'阿蒙霍特普四世'，后改名'埃赫那顿'，意思就是'令阿顿满意的人'。"

"你们知道'纳芙蒂蒂'翻译过来是什么意思吗？"吉米问道。

"不知道。"

"是'美人已然来临'。"她继续大声说道，"对女孩子来说，这是一个多么棒的名字。除此之外，埃赫那顿甚至还建造了一座新的首都，叫作'阿赫塔顿'，意为'阿顿的世界'。埃赫那顿把首都迁建在尼罗河畔的荒漠中，位于埃及两座古城底比斯和

孟菲斯之间。"吉米迅速浏览了几行文字,继续说道,"阿赫塔顿曾经是一座无比美丽的城市,有五万多居民。那里曾有一座独一无二的阿顿神庙,是世界史上最为壮观的建筑之一!神庙大概有两百七十五米宽,一千米长,真是难以想象!"

莱昂用鼠标点开网页上的文字内容:"但是这座城市没能存在多久,埃赫那顿死后,这座城市被人们遗弃了,后来逐渐衰败了。旧神祇再次被人所推崇,沙土掩埋了人们对埃赫那顿和纳芙蒂蒂的所有记忆……"

"直到1912年,考古学家在一个叫作阿玛纳的地方,发现了四十七厘米高的纳芙蒂蒂半身像,阿赫塔顿的过去才被慢慢揭开。"朱利安补充道。

莱昂若有所思地看了一眼他的伙伴们,说:"既然这座城市这么快就被人遗弃的话,那么也许这就是纳芙蒂蒂的半身像缺损了一只眼睛的原因——工匠没能及时完成他的作品。"

"是的,有可能。"朱利安喃喃自语。

"但我又觉得不是。"吉米边说边用指尖敲打着书本,"半身像大约是公元前1356年一名叫作图特摩西斯的人负责打造的,距离这座城市被遗弃还有十几年之久,显然那个位置原本就没打算装上眼珠。这背后一定有原因!研究人员到现在都没解开这个谜题。"她的嘴角露出一丝微笑,"或许我们能破解这个谜团,

伙伴们！"

突然朱利安双眼放光："你是说，我们应该……"

"利用天宝去那个地方！"莱昂接着说，"而且马上就出发！"

"没错！"吉米一边合上书本，一边坚定地说，"我们要查清楚这半身像究竟是何时何地制作的，就这么定了。"

吉娅从窗台上立了起来，伸了伸懒腰，它已经做好了进入时空隧道的准备。

"吉娅已经准备好出发了！"朱利安笑着说。

莱昂关了电脑，说："我们跟上。"

天宝隐藏在一排高高的书架后面，书架可以从一侧推开。伙伴们同心协力打开书架大门，走入一片黑暗。

像以往一样，天宝里透着一种令人眼花缭乱的光。蓝色的雾气萦绕在成百上千扇大门之间，让人迷失方向。地板随着时间的变化而一起一伏，像一颗老人的心脏，缓慢而有力地跳动着。

四周的时空之门里传来各种各样的声音——有的扰人，有的悦耳；有如雷声隆隆般的轰鸣，沉闷且威严；又有如小溪喃喃般的自语，温柔而又含蓄。

吉米环顾四周，究竟哪扇门能够通往公元前1356年呢？在无穷无尽的时空之门面前，她显得特别渺小。

探案王训练营 2

他们先右转再左转，左转再右转，右转再左转，右转再右转。请问，他们是在哪个书架后面进入到天宝的？

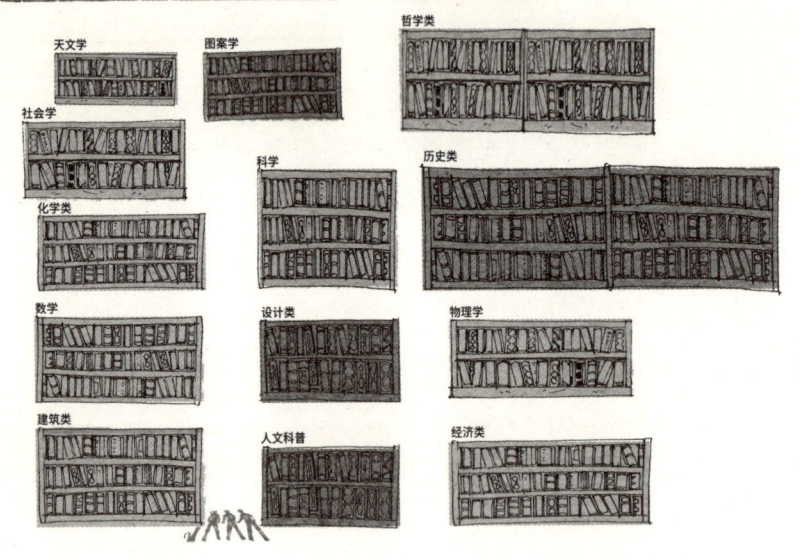

天文学　图案学　哲学类
社会学
化学类
科学　历史类
数学　设计类　物理学
建筑类　人文科普　经济类

参考答案在第 11 页，你答对了吗？

聪明的猫咪则在吉米的脚边来回蹭着，摇着尾巴，像是在安慰她一般。

"你知道我们该去哪里吗？"吉米向猫咪求助，却只听见猫咪犹豫不决的喵喵声。

吉米继续向天宝深处走去。时空之门一扇挨着一扇，她一次次查看门上的数字，可惜一直没有找到通往公元前 1356 年的那扇门。

雾越来越浓，光线也越来越弱……吉米变得有些焦虑，因为失望的她知道，自己早就迷了路。

渐渐地，雾气的颜色起了变化，起初是深蓝色，后来成了紫色，最终变成了深灰色，前进之路被一道道黑色纹路穿透。

吉米的心怦怦直跳，她预感到，前面的路将变得更加昏暗，就犹豫着停下了脚步。转瞬间，一道刺眼的光芒像标枪一般刺穿昏暗的浓雾，一扇躲在暗处的时光之门被那股突如其来的光芒照射得熠熠生辉。

"公元前1356年！"吉米跑向那扇门，如释重负地喊了出来。

小伙伴们站在那扇门面前，发现这扇门是圆形的，而且金光闪闪。

"是阿顿神太阳轮盘模样的门！"吉米长长地舒了一口气，"没错，我们找对地方了。"

圆形的门闪闪发光，正中间有一道黑色裂缝将门分成两扇，此时，两扇门正无声无息地微微晃动着。

吉米把吉娅抱在怀里，接着几个小伙伴手拉着手，全神贯注地想着埃赫那顿，只有这样，天宝才能带他们去到想去的地方。随后，他们毫不犹豫地向前迈了一步——坠入了一片未知之地……

探案王训练营 3

结合我们的历史知识，想想看埃赫那顿和纳芙蒂蒂生活的古埃及时代，对应的是中国的哪个朝代？

参考答案在第 11 页，你答对了吗？

答案 1

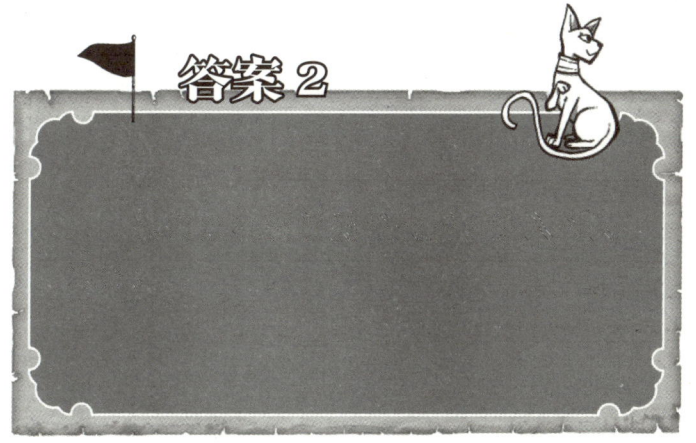

答案 2

答案 3

驾临窗上的目标

一道亮光刺向莱昂,他不知所措地揉了揉双眼,紧接着,发现自己正站在一条尘土飞扬的大街上,太阳炙烤着他裸露的上半身。他左右看了看,朱利安跟他一样,只穿着短裙和凉鞋,吉米身穿一条朴素的白色麻裙,也趿拉着一双凉鞋。

汹涌的人潮丝毫没有注意到他们,这里的人也穿着朴素的短裙和凉快透气的衣服。流动的商贩正在兜售小饰品和软膏,妇女们拿着水壶,一位抄写员腋下夹着莎草纸卷轴快步走着,一群小孩嬉闹着发出咯咯笑声,一位渔夫提着满满一袋活蹦乱跳的尼罗河鲈鱼,还有赶着两头羊的牧人和推着手推车的农夫,农夫的车里堆满了无花果、洋葱、黄瓜、葡萄、扁豆和

13

大麦。道路两旁摆满了用简单的木架搭起来的地摊，木架顶上撑着用来遮挡阳光的白布，摊位上摆着各式各样的东西，服装、地毯、篮子、香料、木器应有尽有，小贩们的吆喝声此起彼伏。

"我们到了！"莱昂说道。

"真棒！好暖和！"吉米很开心，就连吉娅也活跃起来。

"哈，它肯定更喜欢自己的老家！"朱利安笑着大声说道。

莱昂赞同地点点头，然后往后瞧了瞧，他身后耸立着一座用晶莹洁白的大理石砌成的十米多高的塔楼。莱昂心想，他们大概就是穿过这座高塔进入纳芙蒂蒂的王国的。他们必须牢记这个地点，因为这座塔楼像回程票一样，可以带着他们回到家乡西本塔恩。

伙伴们离塔楼几步远，正好站在路当中。莱昂仰起头，这时他发现，这座塔楼其实是石桥的组成部分。这座石桥很长，桥的上半部分是通风的木质屋顶，桥身横架在路上，将两边的建筑群连接在了一起。建筑后面是一排高高的墙，墙后面矗立着一对宏伟的埃及双塔，双塔呈四方形，画满彩色的宗教图案，这很有可能就是神庙的所在地。

桥的下半部分是供通行的。此外，平顶下方有一扇巨大的开放式窗户，由三十厘米高的护栏加固，左

探案王训练营 4

请问下图中的小伙伴中，哪个人完全是古埃及的装扮？

参考答案在第 23 页，你答对了吗？

右两侧飘扬着印有金色太阳轮盘的红色旗帜。

为了不挡在路中央，伙伴们走到路边，眼前熙熙攘攘的街景把他们深深吸引住了。

"天哪！"吉米喊道，"我们该如何找到图特摩西斯的工坊……"

"他们来了，他们来了！"突然，人群中有个小女孩叫道。

"谁来了呀？"莱昂问。

小女孩摆出一副不可思议的表情，打量着他：

"你从哪儿来的，连这都不知道？"说完她又忍不住偷偷笑了一下。

"从很远的地方过来的。"莱昂巧妙地回避了问题。

"好吧，猜猜看，等一下窗户那儿谁会大驾光临？"小姑娘问道。

"那是驾临窗？"

"是的。"小孩笑着说，"我偷偷告诉你吧，美丽的纳芙蒂蒂和神圣的埃赫那顿将会在那儿现身！他们总是在这个时候驾临，接受百姓的膜拜。"

莱昂注意到，越来越多的人聚拢过来，把马路挤得水泄不通，所有人看上去都在焦急地等待着。人们挡住了莱昂的视线。"我谁都看不见。"他踌躇地说道。

"快看桥的右边。"小女孩说，"你看到卫兵了吗？"

莱昂这才看见一支手握长矛和棍棒的队伍，显然他们是保卫法老的卫兵——但莱昂既没看到纳芙蒂蒂也看不见埃赫那顿。

"这是法老夫妇的近卫军！"小女孩解释，"他们护送法老从私人官邸到大路另一侧的皇宫。"

莱昂注意到卫队停下了脚步，一个穿着豹纹皮的男人穿过人墙，莱昂隐约看到这个男人在和法老夫妇

说话。

这时传来一声喊叫。

"我妈妈在找我。"小女孩冲他们喊道,接着就消失在人群里了。

莱昂正想挥手告别,突然被一道闪烁的光芒刺了眼,他忍不住朝马路对面的光源看了过去。

那究竟是什么东西?

莱昂的目光投向马路对面,那里又闪了一下!好像是从对面地摊射出来的光。

"你们看到了吗?"莱昂轻声问吉米和朱利安。

"看到了。"吉米也发现了。

"我觉得,像是有人要发出某种信号似的。"莱昂很警觉。

"信号?"

"是的!"莱昂指了指对面的地摊,"光是从那里射出来的。我敢打赌,地摊旁边的箱子上站着一个神秘人,他手里拿着一面类似镜子一样的东西,用来反射太阳光,以此传递信号。"

莱昂转过身,发现斜后方还有另外一个地摊,完全用布遮挡了起来,显然这个地摊已经打烊了。反射的太阳光仿佛在布面上跳舞一般,而且节奏很快。布后面有一个人影,是有人躲在那里吗?

人群中一阵欢呼雀跃,莱昂又将目光转向桥的那

一侧，卫兵们正朝着塔楼的窗户方向继续行进。

"我们马上就能看到法老夫妇了！"朱利安激动地说道，"从我们这里可以清楚地看到法老夫妇！"

莱昂一直惦记着那个匪夷所思的信号，他的眼睛一直在两个地摊之间转来转去。

这时，宽敞的街道突然骚动起来。

探案王训练营 5

小伙伴们发现反射的太阳光线有长有短，猜测可能是摩斯密码。密码内容为：−−··/·−/·−/−−−−··/·−/−−−/···/·−/−·/−−·/。

请根据以下摩斯密码对照表，破解神秘人的暗号。

A ·−	B −···	C −·−·	D −··	E ·	F ··−·
G −−·	H ····	I ··	J ·−−−	K −·−	L ·−··
M −−	N −·	O −−−	P ·−−·	Q −−·−	R ·−·
S ···	T −	U ··−	V ···−	W ·−−	X −··−
Y −·−−	Z −−··				

参考答案在第23页，你答对了吗？

"他们在那儿！他们在那儿！"人们呼喊着，有人跪倒在地，有人伸出双臂向太阳乞求，还有一些人口中念念有词，满怀敬意地做着祈祷。

窗前出现了一个个子不高的男人，那人就是受人尊敬的法老埃赫那顿。他头戴一顶帕赛赫提——一种大约半米高的锥形红白色双头冠，前额处有一条直立的金色眼镜蛇装饰物。他的脸是鹅蛋形的，下巴向前微翘，鼻子平而短，嘴唇很薄，表情柔和。埃赫那顿的胸前戴着一块四方形的纯金薄盘，上面点缀着一只鸟，它那撑开的翅膀是由红宝石镶嵌而成的。法老双手交叉在胸前，一手拿着弯杖，一手拿着连枷，这二者都是权杖，象征着神赋予的权力。

这时，一位纤细而又异常美丽的女子走到法老的身边。艺术大师图特摩西斯真是完美诠释了她的美。

"纳芙蒂蒂！"莱昂情不自禁地叫了出来。

王后穿着一件朴素的白色紧身长裙，宽敞的衣领上闪烁着一颗大大的蓝宝石，厚实的珍珠项链闪耀着落日的光芒。引人注目的还有她那顶优雅的深蓝色帽子，上面镶嵌着一圈宝石，戴在她那一头漆黑的长发上。从前几次在古埃及的历险经验来看，莱昂猜测，王后很可能戴的是假发。因为天气炎热，所以大多数埃及人都留着短发。只有王室成员才能负担得起奢华的假发，他们会视不同的场合佩戴合适的假发。

莱昂瞥了一眼对街被布遮住的地摊，但是那边再也没有发出任何信号。是他弄错了吗？为防万一，他再次扫视了一下四周，顿时觉得身后有一股凉意——地摊的入口处有一根架在地面上的支杆，里面竟露出了一支箭头！

"刺客！"莱昂一边大喊，一边拼命穿过拥挤的人群，朝地摊跑去。伙伴们紧跟其后。

站在莱昂附近的人一脸不解地看着他。莱昂知道，这事他解释不清，他必须准备好应对随时可能发生的偷袭。

莱昂悄无声息地靠近地摊，发现那个箭头微微指向上方——那正是驾临窗的方向。毫无疑问，神秘人的目标正是法老夫妇。

莱昂终于跑到地摊前了，没有多想，就立刻朝帐篷支架扑了过去。随着一声惨叫，箭头也消失不见了。

莱昂的身体压垮了支架，还栽了个大跟头，掉进帐篷里面。他抬起头，看到有个身影从后面溜了出去。那人一手拿箭，一手拿弓。与此同时，吉米、朱利安和吉娅跑到了他的跟前。

莱昂本能地抡起一张板凳，努力跟上那个企图逃跑的神秘人。

突然传来一声惨叫——神秘人因为跑得太快而不小心绊了一跤，跪倒在地，手中的弓箭散落一地。

此时莱昂终于看清了那名神秘人的样子——他身壮如牛，右脸颊上有一道伤疤，冷酷的小眼睛透出一股瘆人的寒光，实在是面目可憎。男子敏捷地从自己的长袍里抽出一把匕首，重新站了起来。

刹那间，吉娅向他扑了过去，用利爪猛抓男子的手臂。男子骂骂咧咧的，一把捏住了猫脖子，吉娅痛苦地叫了一声。

"不！"莱昂大叫一声，冲向男子，想要救出吉娅。他扑向男子，抓到男子脖子上的项链，项链从他的指尖滑落到地上。

男子愤怒地哼了一声，猛地把吉娅甩到一边，吉娅顺势平稳落地。他把莱昂推到后面，脚步踉跄地冲向朱利安和吉米，把他们一一打翻在地后夺路而逃。

莱昂第一个爬起来，跟着那人跑了过去，但是转眼间男子就不见了。更令他们意外的是，摊位前突然出现了好多个光头卫兵。

"这里究竟什么情况？"光头士兵的领头人大声责问道。这人长得很敦实，肌肉发达，眼睛有点斗鸡眼，他显然是一名上尉。

"有刺客！"莱昂抢着说道，"他被我们打跑了，已经从后面溜走了！"

"是吗？"上尉拖着长长的音调说道，"但我什么人都没看见。"

"是真的，"莱昂说，"这家伙早就跑远了。"

上尉的眼神突然变得阴沉："你这个狡猾的家伙，这是什么？"他弯下腰捡起刺客遗落的弓和箭，"谁说有刺客，这就是你们的弓吧？"他带着威胁的口吻，压低嗓音反问道。

莱昂向后倒退了一步："我们？这不完全颠倒黑白了吗？"

"什么？"上尉用轻蔑的口吻说道，"这里还有一样东西可以证明你们犯的罪……"

探案王训练营 6

仔细观察插图，找找看上尉还发现了什么？

参考答案在第 23 页，你答对了吗？

答案 4

答案 5

答案 6

宫中破案

上尉从地上拾起一条项链，向手下展示了一下。"这其实是一个护身符。"他用一种破案的语气说道，"这是邪恶的标志。"接着把护身符拿到莱昂的面前晃了晃。

莱昂看到护身符上面有一个头戴皇冠的银色小人，右手握着一个权杖。

"这可是阿蒙神的标志。"上尉火冒三丈地叫道，"这个标志已被明令禁止，因为我们只有一个神——阿顿神！佩戴阿蒙神就意味着自寻死路。"

"这不是我们的东西，是刺客不慎落下的。"莱昂辩解道。

"是吗？我要是你，我也会这样说。"上尉不为

所动地反驳道,"我们现在要把你们带到伟大的埃赫那顿那里去,由他来决定你们的命运。"他示意了一下他的手下:"带走!"

"卫兵在诬蔑我们。"朱利安害怕极了,偷偷对他的伙伴们说道。他们跟在趾高气扬的上尉身后,左右两边都是卫兵,一举一动完全在他们的眼皮子底下。

"这一切真是愚蠢至极。"吉米说,"弓箭,还有阿蒙神护身符,上面都没有留下嫌犯的蛛丝马迹,卫兵不相信我们也情有可原。"

"闭嘴!"上尉冲他们大声呵斥道。

这一小队人马穿过位于窗户下面的通道,沿着一条满是尘土的小道前行,最后左拐来到了皇宫的城墙前,墙上开了一扇石头砌成的正方形大门,城门有两名卫兵把守,他们向上尉和他的手下开了门。

他们进入了一座美丽的花园,枣树在和风中轻轻摇曳,投下一片树阴,洋槐、柳树、石榴树和无花果树也在婀娜地摆动着,正方形的水池里盛开着睡莲,惹人喜爱。他们经过一个人工湖,这湖大约有五十米宽,一百米长,湖上有一座伸入水中的木制栈桥,上面雕刻着精美的花纹,旁边停泊着许多小船。园丁们正在花园里浇灌幼苗,五彩斑斓的花圃点缀其间。

宽敞的饲养园里有羚羊和野马正在吃草,火烈鸟和仙鹤优雅地站在水里。山崖上还有一群狒狒,它们

被一圈人工挖凿的河道隔在了园子的另一头。

为了取悦法老夫妇，饲养园里面还圈养了珍禽猛兽。一个坚固的笼子里面养着两只正在咆哮的狮子，栅栏后面还有几只猎豹，它们无可奈何地来回踱着步。

经过猛兽笼后，上尉带着他们走进了一处柱廊。石柱是金黄色的，柱头是莲花的形状，长廊盖是木质结构，也被漆成了太阳的颜色。

在柱廊的后面，他们看到一排简陋的平顶建筑，那大概是宫中仆人的住所。柱廊的尽头连接着一处圆形广场。

"真不可思议！"朱利安吃惊地仰着头，脱口而出。

他们眼前矗立着一座壮丽的三层楼高的平顶宫殿建筑，外立面由微微泛着红光的大理石砌成，巨大的圆形窗户上爬满了攀缘植物和鲜花。宫殿的入口有一座三米高的闪耀着红色光芒的木门，拱顶上有不计其数的金光闪闪的小太阳。

卫兵们驱赶着伙伴们穿过空旷的庭院和无穷无尽的走廊，身旁的房间里传来抄写员书写时的沙沙声。最后他们来到一扇哑光色的大门前，大门由两名卫兵把守。

"你们必须等着，"门口的卫兵说道，"我们神圣的法老和纳芙蒂蒂正在和法老的母亲提伊、大臣阿

探案王 训练营 7

从大门到小船不走重复路的话总共有几条线路，你能找出来吗？

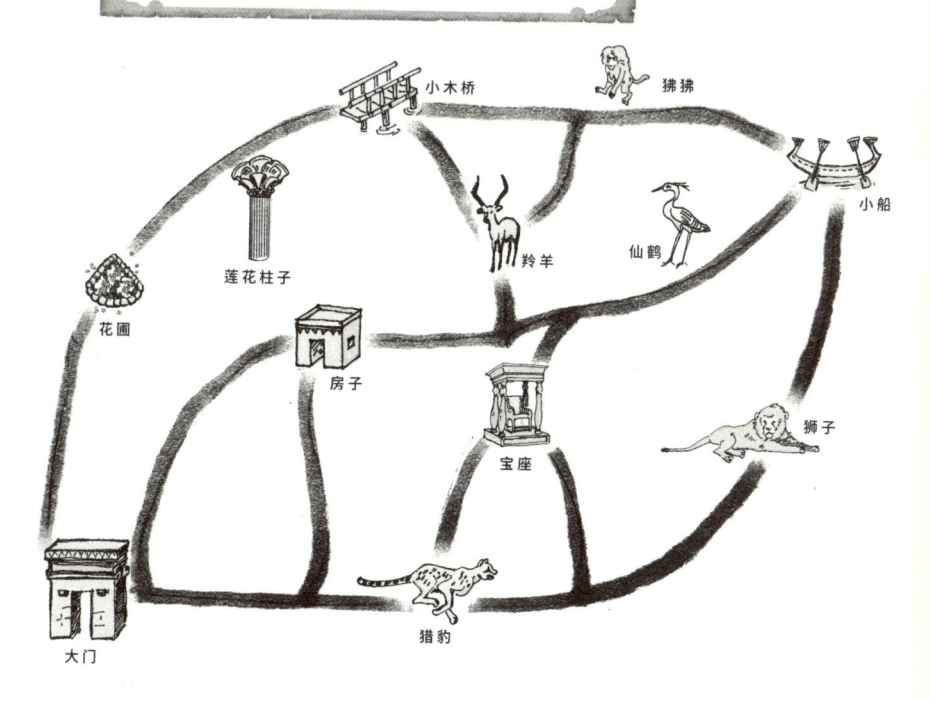

(地图：小木桥、狒狒、莲花柱子、羚羊、仙鹤、小船、花圃、房子、宝座、狮子、大门、猎豹)

参考答案在第 34 页，你答对了吗？

亚、大祭司梅里商量要事。"

"我们也有重要的事情汇报。"上尉不满道。

"理解，但是我们奉命行事，不准放任何人进去。"

上尉虽然很不情愿，但也只好等着。

"跪下！"当他们踏入皇宫大殿后，上尉小声喝道。

朱利安、吉米和莱昂立刻跪了下来，吉娅钻到了朱利安的腿边。

朱利安小心翼翼地抬起头打量四周，发现自己身处一座气势恢宏的大殿内，地面是镶嵌成一整块的马赛克图案，上面展示了年轻的法老在不同场景中的光辉形象：在战车上指挥作战的统帅，所向披靡；作为统治者接受进贡，受人敬仰；作为慈爱的父亲，身边环绕着美丽的妻子和崇拜他的孩子们。毫无疑问，画中的主角就是埃赫那顿，朱利安心想。

"怎么了？"埃赫那顿带着点鼻音问道，有些百般无聊的样子。

"我给您带来了三名犯人！"同样跪倒在地上的上尉说道。

"起来说话。"法老用生硬的声音说道。

朱利安赶紧遵命站起，这时他才清楚地看到宫殿内熠熠生辉的场景。起先他以为墙和柱子是被漆成了金黄色，而后才猛然发现，那些柱子都是用纯金制成的！上面还绘有彩色的蝴蝶、鱼和水鸟，同样的图案不仅绘在柱子上，大殿的屋顶上也到处都是。

大殿里还有一个人工池塘，鱼儿游弋其中。桌上放着盛有精油的小碗，散发着迷人的芳香。殿里最重要的莫过于一座大约十米宽的高台，上面有一座深色

木头制成的宝座，宝座后面还有另一个黄金制成的发着光的太阳。埃赫那顿端坐在高高的宝座上。

大臣阿亚站在法老身后，正在给他摇孔雀扇子。另一名男子个子瘦小，穿着豹纹皮，紧张不安地踮着脚尖，那一定是大祭司梅里。

法老的一左一右各有一位女士。她们的面前摆放着各式各样的精美食物，银色的器皿里放着夹着坚果的椰枣，还有浸在蜂蜜里的无花果和梨，美味唾手可得。

两位女士中的一位就是美丽动人的纳芙蒂蒂。

另一位则年长许多，毫无疑问，她一定就是提伊，也就是埃赫那顿的母亲。她一身淡蓝色裙子，系着宽皮带，身上挂满了黄金饰物，就连脚踝也叮当

作响。她眼睛微凸,鼻子尖尖地挺立着,脸颊微微肿胀,丰满的嘴唇有些不悦地向下撇着。

"说吧,我该如何处理这些孩子和猫?"埃赫那顿问上尉。

"他们持有武器,藏身在离驾临窗不远的一个地摊上。"上尉走上前说道,"他们像是要密谋杀害您,神圣的法老。"

提伊用手捂住了自己的嘴巴:"这真令人难以置信!"她用震惊的口吻说道。

埃赫那顿温柔地劝说她:"母亲,请冷静。"

上尉继续补充道:"还有,这是他们的东西。"说完,他低着头走近宝座,举起证物。

埃赫那顿看了一眼用皮绳串着的护身符,命令道:"把它交给大祭司。"

上尉恭敬地将东西交给大祭司,大祭司把护身符放在放大镜下仔细看了看。

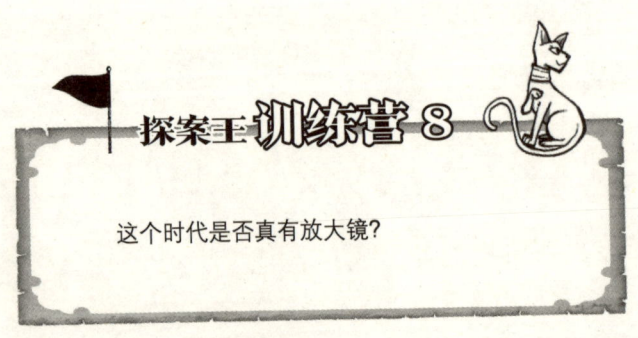

探案王训练营 8

这个时代是否真有放大镜?

参考答案在第34页,你答对了吗?

"你意下如何，梅里？"埃赫那顿问道。

"毋庸置疑，这是一个阿蒙神护身符。这是旧时代的标志！反动的标志！"梅里怒气冲冲地说道。

埃赫那顿冷笑了一下："年轻人，你们这是要送死啊。"

"不！"朱利安大声说道，"这根本不是我们的东西，我们可以解释一切！"

上尉干笑了几声，以示不屑。

"安静！"埃赫那顿呵斥道，随后他点头示意朱利安继续讲。

朱利安先是简单介绍了一下自己和他的朋友，接着从头到尾讲述了事情发生的经过。

"这小家伙只不过是想脱身。"朱利安讲完之后，梅里说道，上尉使劲地冲他点了点头。

法老看来还没有拿定主意，伙伴们害怕地互相使了一下的眼神，法老会相信他们吗？

这时传来纳芙蒂蒂银铃般的声音："这些孩子都拿着什么样的武器啊？"

上尉命卫兵呈上大弓箭。

纳芙蒂蒂起身，拿起弓箭仔细打量起来，而后说道："应该不是这些孩子干的。"

纳芙蒂蒂说了一句话，大家就不再怀疑小伙伴们了。朱利安真想立刻上前给她一个拥抱。

探案王训练营 ⑨

仔细观察插图,想想看纳芙蒂蒂说了什么让大家不再怀疑伙伴们。

参考答案在第34页,你答对了吗?

一不小心,弓箭就从纳芙蒂蒂的手中滑落到地上。"我不相信这些孩子会做出如此胆大包天的事情。"她说,"恰恰相反,他们还可能成功地阻止了一起暗杀事件,我们应当感谢他们才是。"

埃赫那顿仍是一副犹豫不决的样子:"我不确定,有时候你太容易轻信别人。"

纳芙蒂蒂面露不悦,语气里微微带有怒气:"我看你是昏了头,这不是显而易见的吗?"

法老的态度软了下来："好吧，好吧。"他仔细地看了看弓箭，说，"也许你是对的，但谁又会是这起暗杀事件的幕后黑手呢？"

"也许是阿蒙神祭司？"大臣终于说话了，他还在有节奏地为埃赫那顿摇着扇子。

"是的！"梅里补充道，"大家还记得那次异教徒大暴动吗？他们想要恢复所谓的旧制度跟旧神祇，我们费了好大力气才镇压了那次暴动。"

法老谨慎地点了点头。"的确，以阿顿神的名义！幕后元凶应该就是阿蒙神祭司，但是他逃脱了我们卫兵的追捕……"埃赫那顿的目光落在了上尉的身上，"我觉得你抓错人了，如果你动点脑子的话，就能抓住真正的凶手了。"

上尉深深地鞠了一躬，便和手下匆匆离开了谒见大殿。大祭司梅里也起身告辞，因为他在神庙那边还有事。

"现在我们该怎么处置这些孩子和猫咪？"提伊问道。

纳芙蒂蒂神秘地笑了笑……

答案 7

答案 8

答案 9

神庙中的离奇之死

吉米忧心忡忡地看着王后——接下来会发生什么事呢?

"我们当然要赦免这些孩子啦。"纳芙蒂蒂说完看了埃赫那顿一眼,法老没有表示任何反对。

法老做了个手势,说道:"我赦免你们。"

"正如之前说过的那样,我们应当感谢你们,你们为法老和阿顿神立了大功。如果我带你们参观最为神圣的圣所,你们觉得怎么样?"纳芙蒂蒂问伙伴们。

吉米惊讶得下巴几乎都快掉下来了:"你是指阿顿神庙?"

"正是。"纳芙蒂蒂说道,"现在我们可以出发了。"

"去吧，随你的便，如果你非得带这些野孩子参观神庙的话。"法老用毫不掩饰的嘲讽的语气回答道。

王后没有作答。"随我来。"她对伙伴们说道。

美丽的王后在两名侍者的陪同下来到了谒见大殿一角的侧门。

"我还是不敢相信，我们竟然能有这样一位免费向导。"吉米贴着朱利安的耳朵悄悄说道，"这真是太不可思议了！"

他们通过一条柱廊从富丽堂皇的大殿来到了一座高墙前，纳芙蒂蒂解释说，墙的后面就是阿顿神庙。

他们大步流星地穿过大门，来到没有顶盖的庭院，阳光毫无保留地投射下来。笔直的小径横穿庭院，两边立着彩绘的柱子，同样也没有任何顶盖。

庭院的另一头耸立着一座大约三十米高的双塔，闪耀着红色光芒，像是黎明时的第一缕阳光，这些光束的末端是工匠手工绘制的，还画有法老夫妇和安卡十字架。主塔有两个尖顶，不像其他尖顶那样连接在一起。吉米从前几次埃及探险的经历中得知，安卡十字架是埃及的一种生命之符，象征着永恒的生命。

当他们经过双塔的时候，王后指了指庭院里分布在道路两旁的一眼望不到头的石桌，说道："百姓可以在这里供奉他们献给阿顿神的祭品。"

这场面把伙伴们怔住了——成百上千张桌子上都

摆满了祭品,有面包、牛肉、鹅肉、鲜花,还配有用来祭祀的器皿。

祭品上面飞满了蝇蚊,嗡嗡作响,神庙侍者们正徒劳地驱赶着。

"没错,我们向阿顿神供奉尽可能多的祭品。"正如伙伴们所吃惊的那样,纳芙蒂蒂说,"我们一共摆放了一千八百张祭台,老百姓们总是日复一日地带来新的祭品。这很好,因为阿顿神是生命和光明之源,我们应当供奉他。"

王后继续带着他们穿过神庙中的其他三座双塔,双塔的颜色从深红到橘黄再到黄色,好似太阳在一天中的变化。接着他们来到一个屠宰场,这是一个大约五十米乘以五十米大的厅堂,专门用来屠宰祭祀用的牲口。吉米很庆幸,他们参观的时候刚好没有在宰杀牲口。

差不多又走了大约五百米的路程,他们来到了一座高墙前,墙的中间是最后一座双塔。

"现在,"王后用神秘的语气宣布道,"我们抵达了圣所。这个地方本来只有祭司才有资格进入,当然还有皇室成员——我们在这里祈祷神的相助。"

她领着侍者穿过尖塔之间的大圆柱,两边站着深深鞠着躬的祭司们。

吉米、朱利安和莱昂紧紧地跟着王后的脚步。

突然，吉米听到吉娅不安地叫了一声，她向后瞅了一眼，看到一位祭司正迅速转身离去，消失在双塔后面了。吉米确信这人一直在偷偷观察他们，顿时有了不好的预感，全身起了一层鸡皮疙瘩。

吉米不敢细想，赶紧转过头向前看去，眼前的景象让她惊呆了。

庭院四面都是围墙，头上没有顶盖，四个角落里各矗立着埃赫那顿手握弯杖和连枷的彩绘雕塑，估摸着有二十米高，雕塑的表情严肃而又充满荣耀。中间有一排大概十米高的柱子，红黄相间的柱头仿佛是向着天空盛开的莲花。立柱之间有十二个大概一米多高

的石头凿成的祭坛，上面飘着青烟，离得老远都能闻到浓烈的烟雾味。

最令人目瞪口呆的是最前方固定在高墙上的一个物体，金光闪闪的，吉米花了好一会儿才看清楚那是什么东西——一个直径十米的太阳神阿顿！能工巧匠使其光芒能够射向四面八方。

吉米彻底被眼前的一切征服了。

她听纳芙蒂蒂说道："这就是我们的圣所！现在我们只有一个真正的神，它是万能的！"她的笑声传遍了整座庭院，"我刚嫁给我亲爱的丈夫时，对于是否允许阿顿以外的神祇存在，他还举棋不定……"

"后来呢？"吉米问道。

纳芙蒂蒂温柔地一笑："是我说动了他，对我们和我们的子民来说，只有一个神会更好。以前人们需要侍奉两千多个神，让人十分迷茫。现在我们只有一个神，那就是光芒万丈的阿顿神，所有人都坚定了自己的信仰。"

"所有人？"吉米忍不住追问道，"那阿蒙神祭司呢？"

笑容突然从纳芙蒂蒂那美丽的脸庞上消失了，她的脸上露出一丝不悦。"管他们呢！"她不耐烦地说道。接着她继续谈论宗教改革带给人民的好处。

听着王后的话，吉米越来越坚信，推动宗教改革

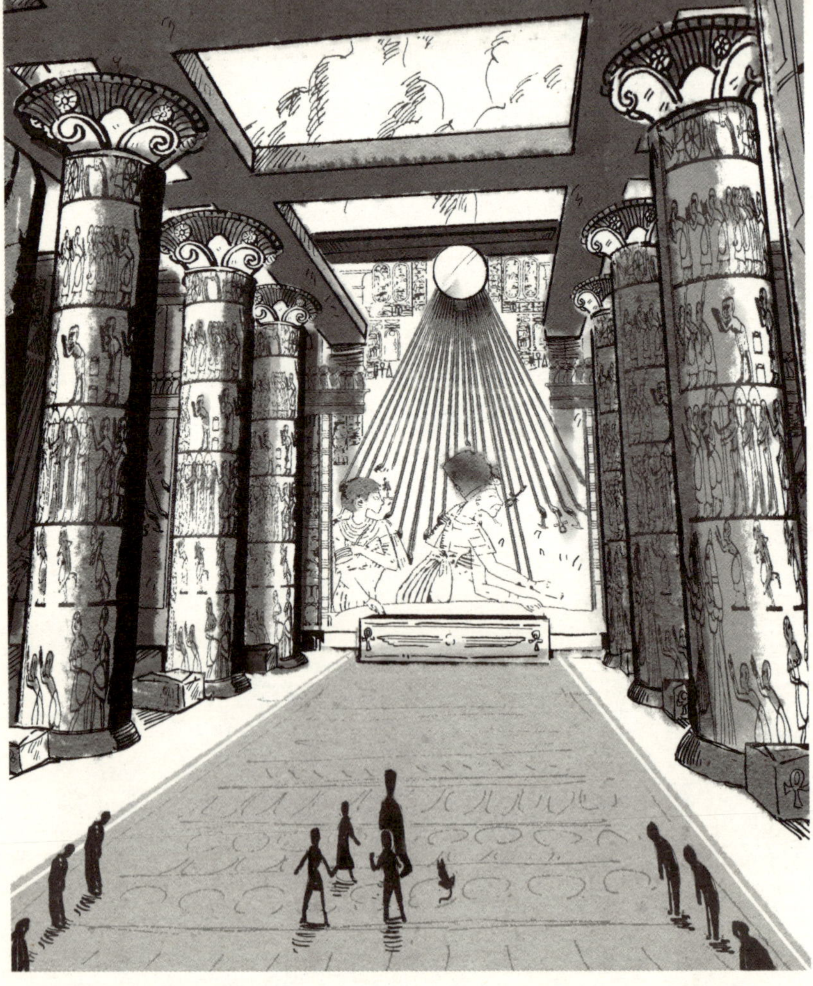

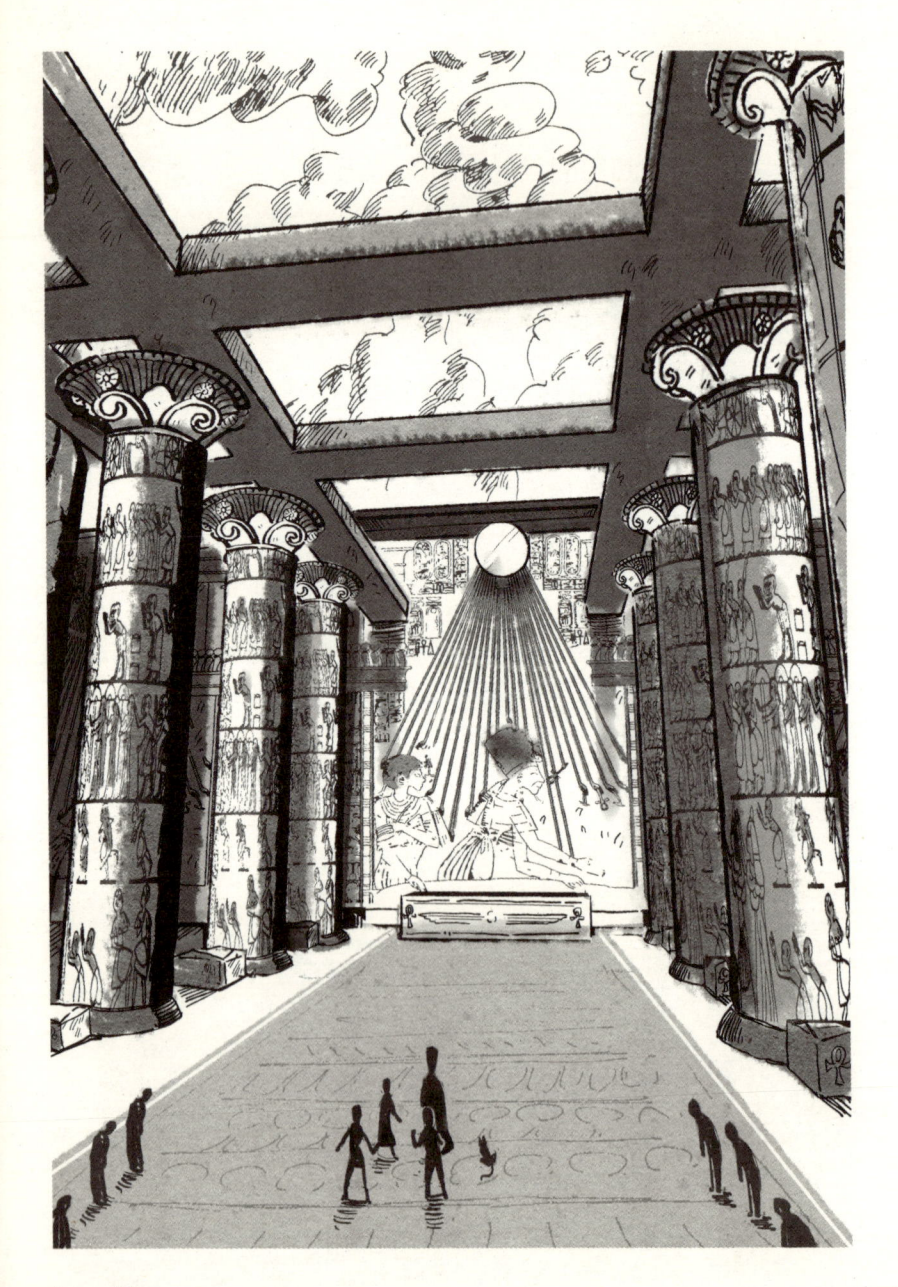

的有力推手显然不是埃赫那顿,而是纳芙蒂蒂。

吉娅的叫声把她从思绪中拉了回来。跟刚才的叫声相比较,这次的显得更加急迫。

吉米装作若无其事地环视了一下四周:奢华无比的太阳轮盘,精美绝伦的立柱和刚从祭坛上跳下来的吉娅……

突然,女孩的心脏怦怦直跳,她发现不得了的事……

探案王训练营 10

仔细观察插图,你能发现什么异常吗?

参考答案在第42页,你答对了吗?

答案 10

雕塑大师

是有人在那里打盹吗?这个想法在吉米的脑海里一闪而过。不,没人胆敢这样对祭坛不敬,她心里不由得产生了一个可怕的想法……

"伟大的王后,"她打断了纳芙蒂蒂,"那里……"

"你居然敢插话?!"纳芙蒂蒂很不高兴地看了她一眼。

"请您宽恕!"吉米哀求道,"看!祭坛那里,猫咪蹲着的那个地方。"她指着吉娅说道。

"伟大的阿顿神,这到底是怎么一回事?!"纳芙蒂蒂显然被她看到的一幕震惊了。

吉米跑上前去,想要看个究竟,但她没能走多远。

"站住!"王后下令道,随即喊了两个祭司过来,"去看下,是谁吃了豹子胆,不去干活,居然在圣所里睡觉?"她怒气冲冲地吩咐手下道。

祭司们向纳芙蒂蒂鞠了一躬,匆匆向祭坛走去。

"是大祭司梅里!"又有一个惊恐的声音说道,"他看上去像受了重伤!"

"什么?!"纳芙蒂蒂惊慌失措地和侍者们快步走向祭坛,但她没允许伙伴们靠近。

"究竟发生了什么事?"吉米悄悄问朱利安和莱昂。

"问得好,"莱昂回答道,"也许他只是不小心摔倒了。"

他们好奇地向祭坛望过去,然而越来越多的祭司赶了过去,挡住了他们的视线,人群中一阵哗然。

"你们看,他的后脑勺受了伤!"有人喊道。

"快,我们需要一名大夫!"另一个声音吼道。

一名祭司闻声从人群中跑了出去。

"怎么会有这种事!"吉米低声道,接着她告诉莱昂和朱利安,吉娅总是很不安,而她也一直感觉被人暗中盯梢。

"你的意思是,我们被人跟踪了?"朱利安追问道。

吉米耸了耸肩,她拖长了嗓音说道:"是的。"

就在这个时候,祭坛旁的人群中突然有人大喊

探案王训练营 11

安全问答排序题

请填上抢救头部撞伤昏迷伤员的正确顺序。

（　）血液沿鼻腔和耳道流出时，切勿用棉球、纱布或其他物品堵塞。

（　）抢救者应立即清除其口腔内的呕吐物和血块。

（　）将其头转向一侧，牵拉出舌头，以防窒息。

（　）处理好后紧急就医。

参考答案在第 56 页，你答对了吗？

一声："梅里死了！他被谋杀了——在如此神圣的地方！"

半小时后，纳芙蒂蒂、埃赫那顿、提伊、阿亚和作为目击证人的伙伴们，一同聚集在谒见大殿内。此外还有一些高级别卫兵，其中还包括曾把他们当成犯人的上尉。

在场的所有人都感到无比震惊，大家七嘴八舌，议论纷纷。阿顿神庙里上演的这出大戏，每个人都有自己的一套看法。

莱昂陷入了沉思。与以往一样，每当他绞尽脑汁的时候，长着雀斑的他就会情不自禁地拉拉自己的

耳垂。

他暗中思忖，究竟谁是这场谋杀案的幕后凶手呢？或者，换一种方式说，谁能进出神庙？

神庙前面，正如纳芙蒂蒂跟他们说的那样，普通老百姓也能进得来，但是后面，特别是圣所那里，只有祭司和皇族成员才有资格出入。

所以只剩下两种可能：杀人犯要么来自民间，以某种方式成功地进入后庭，又或者，凶犯本身就是一名祭司。

莱昂突然觉得毛骨悚然，因为还存在第三种可能：皇族成员。

但是他很快就打消了这个想法。埃赫那顿和提伊都有不在场证明，纳芙蒂蒂肯定也不是凶手。

一声刺耳的尖叫声把莱昂从思绪中拉了回来。

"一定是阿蒙神祭司在背后搞鬼。"阿亚大声说道。

"是的！"提伊十分赞同他的想法，"他们杀了我们的大祭司，意图削弱我们的宗教……"

埃赫那顿摇了摇头："我不知道……阿蒙神祭司是怎么进到神庙里面来的？"

"他可以乔装打扮，又或者贿赂了某个人。"提伊说。

"你应当派卫兵，对整片区域进行搜查。"纳芙

蒂蒂敦促她的丈夫,他马上下达了相关命令。

最后,法老的目光落在了伙伴们身上:"咦,你们怎么还在这里?"高高在上的法老说道,"你们可以退下了,回家吧!"

别!莱昂心想,现在他们刚好置身于悬而未决的案件中,怎么能这样简单地一走了之?

"我能说几句话吗,伟大的法老?"莱昂恭敬地鞠着躬问道。

"如果非说不可的话。"埃赫那顿有点不耐烦了。

"我们无家可归,"莱昂装出一种悲伤的语调说道,"我们是可怜的孤儿。一次强盗突袭后,我们被迫与父母阴阳相隔。我们来到这儿是希望能够找到一份活儿,头上能有一片瓦。目前看来很可能不能如愿了……"

法老耸了耸肩,悲惨的故事好像没能打动法老的心。

这时轮到纳芙蒂蒂过来解围:"别这么铁石心肠,亲爱的,在阿赫塔顿有许多可干的,他们三个一定会有用武之地的。"

"是吗,哪里?"

王后想了想:"我今天早上听说,雕塑大师图特摩西斯在制作我和提伊的半身像,他刚好需要帮手。"

"没错,"提伊突然想起来,"昨天我在看模型的时候,他还跟我抱怨那些帮工太不可靠了。"

纳芙蒂蒂冲着伙伴们眨了眨眼:"那么,你们的意思呢?"

"再好不过了!"莱昂迫不及待地说道。

"好的,就这样定了。"纳芙蒂蒂回答,"现在就去吧,不然等下就成谒见会,谁都要来诉说自己的难处了。"她招手示意一个侍者上前,吩咐侍者带他们去大师的工坊。

当他们离开谒见大殿的时候,朱利安悄悄对莱昂说道:"好样的!"

"现在我们刚好去那位著名的雕塑家那里。"吉米低声说道。

"对啊,这真是太好了。"莱昂压低嗓音说道,"但老实说,我更关心谁是谋杀大祭司的幕后黑手,我们必须查个水落石出,伙计们!"

"好的,"吉米同意他的想法,"不过我们要先安顿好一切,新的家,新的工作,然后才可以展开调查。"

侍者带着他们穿过错综复杂的走廊,最后离开了宫殿。他们穿过宽敞的大街,最终跟着侍者来到城里的居民区,所有的房子都是用晒干的黏土砖建造的,平顶,一般只有一层高,大多刷成白色。窗户只有

一条细长的缝隙大小,让人忍不住联想到城堡的射击孔。当天气特别炎热的时候,很多人会直接睡在屋顶上。

"瞧,我们已经到了。"侍者站在一所特别大的房子前,一边敲门,一边说道。

雕塑大师的仆人打开门,了解了大致情况后,让他们进来。

他们走进一间气势雄伟的白色大厅,大厅里凉爽怡人,正中间立着一根大柱子,上面安放着一座半身像——一位长相英俊的男子,向来访者露出慈祥的微笑。八根涂成淡绿色的木头立柱顶着一个漆成蓝色的屋顶,屋顶与墙的连接处是花型檐壁,屋子的四个角落里放着盛有水的大陶罐。

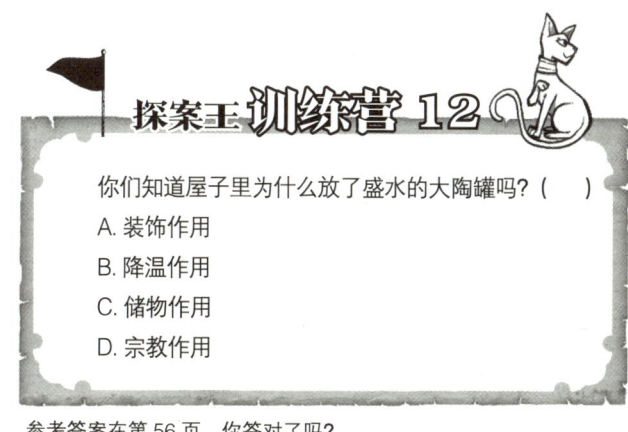

探案王训练营 12

你们知道屋子里为什么放了盛水的大陶罐吗?(　)
A. 装饰作用
B. 降温作用
C. 储物作用
D. 宗教作用

参考答案在第 56 页,你答对了吗?

莱昂把手指伸进大陶罐里，感到水是冰凉的，他推测，这是专门用来降低室内温度的水罐。

接着，他们一行人来到一个宽敞的院子里，约有二十名工人正在干活，有的在敲敲打打，有的在锯东西，还有的在细心地打磨，他们凿出大致的轮廓，预制成想要的形状或是准备雕塑用的石膏，一番热火朝天的景象。

侍者带他们穿过院子，来到了长长的走廊，两边摆满了装饰用的大型双耳瓶，走廊尽头是一间采光不错的工坊。工坊靠墙的架子上摆放着已完成的雕像，有全身像，有半身像，有孩子的，有老人的，有男人的，有女人的，有平民的，有贵族的，造型各异，栩栩如生。莱昂相信，无论是小小的疤痕，还是皱纹或眼袋，雕塑家都会一一将其完美再现。

身处这么多头像之间，莱昂差点忽略了一名男子。他背对着他们，站在一块用布遮住的半身像和一张堆满了颜料的桌子之间，这时他转过了身。

仆人向他鞠了一躬，说道："尊贵的图特摩西斯，神圣的纳芙蒂蒂给您派来了年轻的帮手。"

图特摩西斯个子很高，偏瘦，大约三十岁，莱昂立刻认出了他，跟刚才在门厅里见过的半身像一样。大师脸部棱角分明，鼻子尖挺，下巴坚实，他的眼睛像大海一样深邃而又神秘，目光尖锐且富有洞察力。

像大多数埃及人一样，大师的脑袋光滑，身穿麻布半短裙，他身上有两样东西让伙伴们印象深刻：他脖子上戴着一个巨大的黄金制成的安卡十字架，在他们眼前晃来晃去；他鞋带上有个彩色的宝石闪闪发光，一样吸人眼球。

他挑了挑眉毛，说道："纳芙蒂蒂派来的？无上荣耀！"

"显然她一定非常赏识您杰出的才能，先生。"卑躬屈膝的仆人用讨好的口吻说道，"您是独一无二的伟大的雕塑家。"

雕塑家愉悦地笑了笑："我们不愿言过其实，尽管这是事实……哦，留下他们吧。"侍者走后，他问伙伴们有什么手艺。

"哦，我们都很勤奋可靠。"莱昂含糊其词地说道。

"没错，我们很会干活。"吉米急忙补充了一句。

"希望如此，"图特摩西斯严肃地说道，"如果

你们表现好的话，可以住在我这里，还能有口饭吃。我的工人基本都住在我这里——当然不是在我自己的房子里，而是在旁边的小屋里。有一间屋子刚好腾出来了，今天早上我刚把那人打发走，这名工人实在是不靠谱。你们知道吗？他的任务就是捣碎石头，这样我们就可以获得石膏，但是他连这都做不好。"

"石膏的活儿，我们肯定没问题。"吉米自信地说道。

莱昂没有像她那样的自信，所以一句话也没说。

"我马上介绍一个人给你们，他会告诉你们具体的任务。"图特摩西斯说，"我要继续留在这里干活了。"他指了指被遮住的半身像。

"您现在在忙什么？"莱昂问。

大师掀开了盖在半身像上的布，作品还没有完工——没有涂颜色，两个眼珠也没有画好，但是莱昂一眼认出这就是纳芙蒂蒂的半身像。

"她是不是很美？"雕塑大师自豪地说道。

"是的！"

"她会变得更美，"图特摩西斯的笑容中带着思考，他用一种不同寻常的口吻纠正道，"不，不仅仅是美丽那么简单，而是完美。正如王后本人那样完美，无人能超越纳芙蒂蒂。"

他小心翼翼地用手摸了摸雕塑："我是用石灰石

打造成半身像的内芯，外面覆盖了一层石膏涂层。纳芙蒂蒂已经来当了好几次模特了，但是还没有完工，她还要再来几次。"

"您也制作了提伊和埃赫那顿的头像吧？"莱昂问道。

"是的，提伊还特地为这事远道而来。"雕塑家回答。

莱昂感到非常惊讶："提伊难道不住在城里吗？"

"没有，她住在已故丈夫阿蒙诺菲斯三世的宫殿里，那是在老城底比斯。她总是来来回回，经常到阿赫塔顿来探望她的独子埃赫那顿，听说她特别疼爱这个儿子。这次虽说是因为半身像来的，但是她主要还是来看她儿子的。"他呵呵地笑了笑，说道，"也许她不想太过控制儿子，却又放心不下他。"

莱昂立刻下意识地竖起了耳朵："您这是什么意思？"

雕塑大师似乎对掌握的情况颇为得意，一下子打开了话匣子，很明显，他很喜欢谈论那些道听途说的内容。

"埃赫那顿在他父王去世后就登上了王位，那时的他才刚满十二岁，而且跟他的父亲一样，也叫作阿蒙诺菲斯。当时提伊一直替他执掌朝政，直到他成婚。很多人说，提伊总是时不时过来，是为了看看她

的儿子是否做得称职……"他笑了笑,接着说道,"不过,她最终还是失去了权势。"

"怎么说?"

雕塑家开始在他的工坊里来回踱着步:"埃赫那顿十三岁的时候与纳芙蒂蒂成婚,而她那时已经十八岁了。据我所知,纳芙蒂蒂很大程度上影响了年轻的法老,尤其在宗教方面。"

"是纳芙蒂蒂主推阿顿成为唯一神的吧?"吉米问。

"是的,人们也是这样认为的。不管怎样,法老最后把他的名字从'阿蒙诺菲斯'改成了'埃赫那顿',名字的意思也从'阿蒙的仆人'变成了'阿顿的仆人'。据我估计,他从十七岁起大权在握,同时提伊在宫中的势力逐渐被削弱。"图特摩西斯继续解释道,"但是她和埃赫那顿的关系还是同以前一样,母子二人十分要好。提伊看上去也像是接受了新的信仰,位高权重的祭司们似乎也是如此。"

莱昂摇了摇头,说:"也许不是呢?"

"你怎么知道呢?"雕塑家傲慢地问道。

莱昂把胳膊交叉在胸前:"大祭司梅里今天被谋杀了……"

"你再说一遍?快说清楚,我想知道一切!"由于太过震惊,这位雕塑家不由自主地瘫坐到一张矮

凳上。

莱昂把事情的来龙去脉一五一十地告诉他,包括驾临窗的遇袭事件,最后总结了一句:"有人怀疑是被夺权的阿蒙神祭司干的,认为他们是幕后主使。"

图特摩西斯迟疑地点了点头,说:"难以想象,这些人心中一定充满了怨气。希望这些疯狂的家伙不会继续袭击埃赫那顿和纳芙蒂蒂!从严格意义上说,如果死的只是一名普通祭司的话,情况就大不一样了,但他是大祭司。如果凶手袭击了阿顿神信仰的中心,那他们一定也会对法老夫妇下毒手,这太可怕了,卫兵们一定要好好履行职责!但是话说回来,恐怕就连我这毫不起眼的地方也会被波及……"

"是因为今天您要迎接皇室成员吗?"莱昂一副想要打破砂锅问到底的样子。

雕塑大师的脸上转阴为晴:"哦,是的,纳芙蒂蒂晚上会过来当模特。"

莱昂暗自高兴,如果他们运气好的话,今天还能亲眼见到这尊举世闻名的半身像是如何完成的,或许还能知道,究竟是什么原因导致雕像缺了左边的眼睛。

与此同时,他又不得不想到,纳芙蒂蒂和埃赫那顿目前的处境十分危险,谁又能肯定,雕塑师的工坊是不是安全……

答案 11

答案 12

冒险偷听

不一会儿的工夫，几个伙伴坐在大院里和其他工人一起吃午饭。大伙在喝一种叫作汉克特的饮料和一种加有香料的浓汤，晚餐还配有面包和无花果。

朱利安、莱昂和吉米找了几个陶碗，图特摩西斯又另外给他们几个拿了叶特特（羊奶）喝。

"浓汤里面到底是什么东西？"吉米疑惑地问道。

"拉托斯。"一个工人回答道。

"拉托斯？"吉米重复说了一遍，还嚓了嚓嘴，"那是一种鱼吧？"

"是的呀！"

"唷，我讨厌吃鱼！"她叫了起来，把碗放到吉娅的面前，它很快就津津有味地吃了起来。

"那你是喜欢吃肉喽？"一个工人笑着说道，"只有有钱人才有肉吃，我们可吃不起。"

吉米哑巴哑巴地咬着面包片，然后往嘴里塞了一些无花果。

半个小时后，工人们开始干活了。一名监工负责指导他们，正如图特摩西斯之前所说的那样，这是一种相对简单的工作。他们必须把含有石膏成分的原石用榔头敲碎，然后运送到一种类似石磨工具旁边。再把这些被敲成小块的小石子放在上下叠在一起的磨盘之间，最后小石子会被研磨成粉状。

使用石磨的两名男子中有一位向朱利安阐述磨坊的工作原理："下面那层磨盘是固定的，但上面那层是可以转动的，还可以调节高度，小石子在两个磨盘之间慢慢被磨成粉状。"两头听话的公牛原地打转，推动石磨，工人控制转动速度。

朱利安饶有兴致地观察到，通过这种方法获得的粉末，会与水、沙子混合在一起，被用作雕像的石膏涂层。

"嘿，别傻站着，去敲石头吧！"一个工人冲他们喊道。

朱利安只好拖着步子走向他的朋友们，开始敲打石头。身旁的吉娅看上去心情不错，它抓起一小块石子，用猫爪踢来踢去，很明显，它对踢足球有着浓

厚的兴趣。朱利安、吉米和莱昂平时经常和它一起踢球,吉娅当守门员,尽管他们会用各种角度射门,但大多数时候都是铩羽而归,跳跃能力非同一般的吉娅具有出色的扑球能力。

"希望我们能有机会看到大师工作。"朱利安悄悄对伙伴们说道。

"希望不大,"莱昂想了想,"我们干的活儿不对。"

这时朱利安看到有人拿着一罐搅拌好的石膏送去图特摩西斯的工坊。

"伙计们,这是个机会。"朱利安顿时信心满满,"如果我们也能送石膏,也许就能看上一眼。"

1.敲打石膏矿　2.搬运石膏矿　3.研磨石膏
4.用粘土塑像　5.搅拌外范的粘土　6.制作雕塑外范　7.掏出内模粘土
8.倒入石膏　9.剥离外范,得到石膏像　10.彩饰,进贡给法老王

石膏像制作流程图

但是没人准许他们离开工作岗位。

接下来的几个小时里,他们一直在重复做着单调的工作。

傍晚时,工坊里跑出来一名男子,大声喊道:"神圣的纳芙蒂蒂来了!"

工人们一阵窃窃私语,有几个人站了起来,挤到过道门口,那里可以通往大师的工坊,朱利安、吉米和莱昂也跑了过去。耳边传来图特摩西斯略带生硬的语气,他提醒手下好好工作,不要看热闹,工人们就嘟嘟囔囔地走开了。

"反正都快天黑了,"其中一个人说道,"我看,今天就收工吧。"

"谁想玩骰子?"另一个人喊道,有两名男子报了名。三人消失在石磨后面,那里有一条通往城里的小巷。

还有几个工人忙完手中最后的活儿,整理了一下工具,逐渐散去。最后只剩下伙伴们在院子里,他们手里还拿着锤子。

"哎,我们也可以去城里逛逛嘛。"吉米提议道,"然后……"

"石膏,我要石膏!"这时工坊里传来一声激动的声音。

锤子突然从朱利安的手中滑落。"这是我们千载

探案王训练营 13

工人们送来了一堆不同形状的石膏，你即将面临一项艰巨的工作：把左图这些石膏装到右图的框中。你能根据形状设计出最佳的摆放方式，并在框中将摆放方法画出来吗？

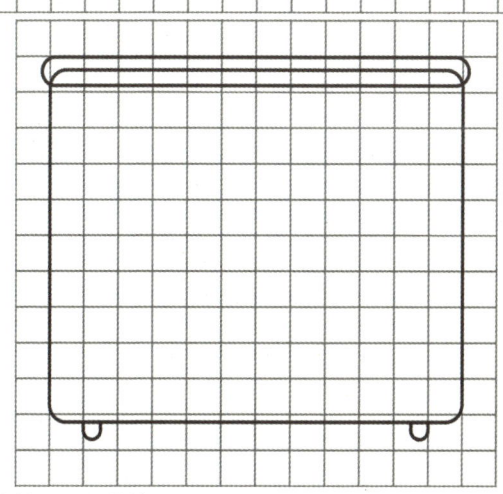

参考答案在第69页，你答对了吗？

难逢的机会,各就各位!"他飞奔到过道门口,大声喊道,"马上来!"

"快点!以阿顿神的名义!"有人回应道。

幸运的是,已经搅拌好的石膏远比实际用量要多,伙伴们随手抓起一个盛有灰色石膏的容器,穿过长长的过道,来到工坊。朱利安走在最前面,他跟工坊只有一块布帘相隔。

神圣的纳芙蒂蒂就在工坊里!她坐在一张椅子上,位于屋子中央,一盏盏点燃的油灯照亮了她那美丽动人的脸庞。

朱利安突然感到心跳加速,王后头戴一顶蓝色王冠,他一眼就认出这跟三千年后发掘出来的半身像的装扮是一模一样的。

"你为什么这样盯着我?"王后觉得朱利安的行为很好笑。

"怎么了?"图特摩西斯紧接着说道,"给我石膏,你们可以走了……"

朱利安鞠了鞠躬,听从了他的吩咐,莱昂和吉米也急忙放下手中的容器,退了出去,只有吉娅无所畏惧地在纳芙蒂蒂的脚边钻来钻去。

"走开!"雕塑大师喊道。

"别,随它去,"纳芙蒂蒂说道,"我喜欢猫。它不仅漂亮,而且,我该怎么形容呢……它独一无

二……你看看它的眼睛！"

吉娅喵地叫了一声，优雅地点了点头。

朱利安看到这种场面，心里不由自主地产生了一种复杂的感情，要是纳芙蒂蒂把吉娅带走怎么办？

猫咪似乎也察觉到了他的担忧，它轻轻舔了舔王后的脚踝，回到了小主人的身边。

雕塑大师看上去像是松了口气："现在我们可以继续工作了，我还要完成眼睛那部分。"

"我们可以在一旁观看吗？"朱利安壮着胆子问道。

"不行，这样会让我分心的，"雕塑大师毫不留情地拒绝了，"把布帘拉上！赶紧离开！"

好可惜！朱利安心里想。

"我们还要谈些事情，"王后解释道，"只有我和他。"

朱利安点点头，再次鞠了一躬，退了出去。

当他和同伴们穿过过道走到出口的时候，他突然萌生了一个主意。"我想搞明白，纳芙蒂蒂和图特摩西斯会谈些什么内容。"他小声地跟吉米和莱昂说道。

吉米眨了眨眼，一脸狡黠地说道："你这是准备要偷听呀！"

"真难听！"朱利安神秘地说，"去，用力关上通往院子的那扇门。"

探案王训练营 14

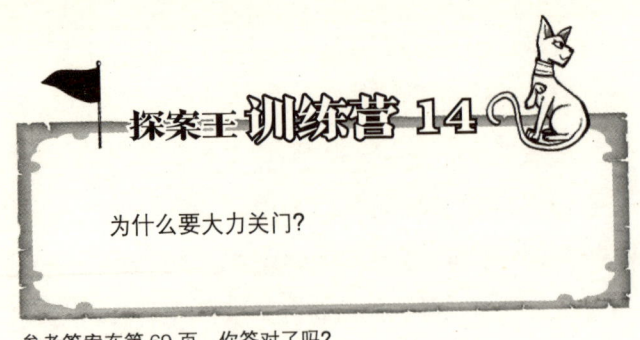

为什么要大力关门?

参考答案在第 69 页,你答对了吗?

"好吧,千万小心!"吉米低声叮嘱道。

朱利安看着他的同伴消失在走廊里。当关门的响声响起后,他踮起脚尖,蹑手蹑脚地回到了工坊。

他回到刚才被拉上的帘布后面,将身子紧紧贴在墙上。

"……我很高兴,你毫发无损,躲过了暗杀。"图特摩西斯开门见山地说道。

"是的,埃赫那顿也没事。"王后补充了一句。

朱利安听到雕塑家喘着粗气说道:"他好不好,对我来说无所谓。他不值得你这样!他不配!"朱利安听出这话里带有一种很大的情绪。

王后笑了一下:"他可是法老,是阿顿神之子,是神的化身。"

"是的,他很强大!"雕塑大师回答道,"但是他知道如何运用好手中的权力吗?"

"是什么让你质疑他的能力?"

"你比我更清楚!"

"我不了解。"

"不，不——你了解得一清二楚。"图特摩西斯激动地说道，"埃赫那顿自负而又盲目——漠视他的人民，漠视众神。是的，他建造了一切，这座城市，这座神庙，这座宫殿，但这些都是什么玩意儿？全是他荒唐信仰的产物。他把老百姓创造的一切统统都丢到一边，而过分强调个人崇拜！他的所作所为招致了暴动。听清楚没？凶手企图袭击他，这明显是一种信号！"

一阵短暂的沉默……

图特摩西斯似乎有点看不起埃赫那顿，但还不至于到仇恨的地步。朱利安一边听，心里一边琢磨，为什么这位雕塑家认为此次暗杀事件是针对埃赫那顿，而不是纳芙蒂蒂。

"没有他，你什么都不是。"纳芙蒂蒂打破了沉默，"他挑选你为他定制半身像，他完全可以让别人做。"

"他完全可以这样做！"雕塑家大声说道，但声音中明显有点哽咽。

朱利安感到十分不解，这位自命不凡的雕塑大师哭了吗？他还留意到，图特摩西斯与纳芙蒂蒂的关系非同一般！

谈话再一次陷入了僵局。

里面究竟发生了什么事？朱利安寻思着，可是什

探案王 训练营 15

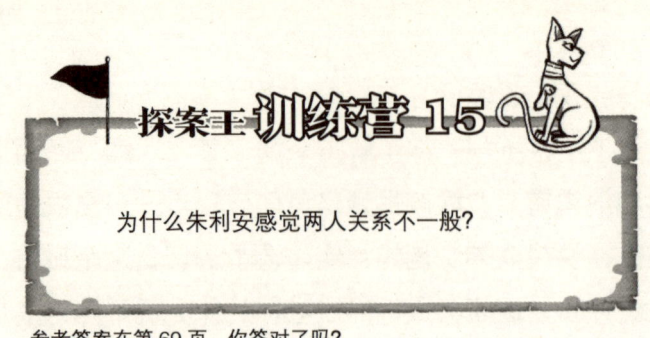

为什么朱利安感觉两人关系不一般？

参考答案在第69页，你答对了吗？

么都看不见！他仔细定睛一看，这密不透光的帘布距离地面大概还有十厘米的缝隙。"太好了！"他心里想着。

朱利安小心翼翼地蹲下身子，从帘布下方偷偷往工坊里瞧。

王后仍坐在那张椅子上，雕塑家低着头，跪倒在她面前。纳芙蒂蒂正伸出手，温柔地抚摸着图特摩西斯的肩膀，像是在安慰他。

大师慢慢抬起头，朱利安看到，一行泪水正从他的面颊上缓缓流淌下来。

"我……我爱你。"他结结巴巴地说道。

"我知道。"王后温柔地回道。

"我还有希望吗？"

朱利安的心都快跳到嗓子眼了，真是揪心啊！

纳芙蒂蒂避开了问题，并没给出一个明确的答案："只有阿顿神知道，我们将会踏上怎样的道路……"

"我会日夜向神祈祷，让我走上这条路，因为埃

赫那顿不配拥有你！"雕塑家笃定地说，"你们的爱已经消失了，这可是你自己说的。"

纳芙蒂蒂意味深长地笑了笑，说："可还有很多维系我们感情的东西。在他身边，我就是王后。千万别忘了，如果我离开他的话，我必须放弃目前的一切。"

图特摩西斯突然摆出一副冷酷的表情："他必须离开你——而且是永远……"

朱利安忍不住打了个寒战。

王后突然站起身："你该不会认为，我要跟他……不，这种事你想都别想。"

"没错,我就是这么想的!"图特摩西斯几乎变了一种声调,"而且,你必须杀了他!"他笑得有点儿狰狞,"也许你都已经试过了——今天在桥上,那个不知名的弓箭手也许正是打着你的旗号行事!"

朱利安以为自己听错了,为保险起见,他捏了捏自己的手臂——不,他没有在做梦!

"别说了!"纳芙蒂蒂大喊大叫起来,"你这样会把我们两个都置于死地的。万一你的话传了出去,他会杀了我们的!"

朱利安的脑袋里一直萦绕着一个想法,暗杀事件像是只冲着埃赫那顿来的。难道幕后元凶不是阿蒙神祭司,而是纳芙蒂蒂或是图特摩西斯?

"他如果死了,未尝不是一种解脱。"图特摩西斯的脸由于恨意变得十分扭曲,"就没有任何人能阻挡我和你了……"

"闭嘴!"纳芙蒂蒂打断了他的话,"我要走了!明天这个时候我再过来看看半身像的进展情况,让我的卫兵过来护送我回去!移驾!"

朱利安听到帘布后面的脚步声正向他走来,就迅速起身离开……

答案 13

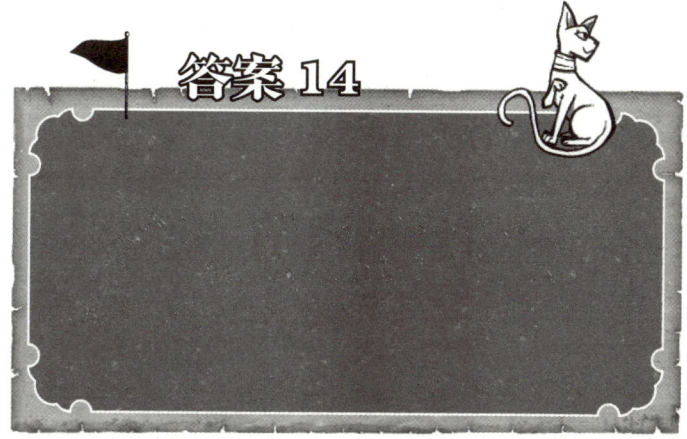

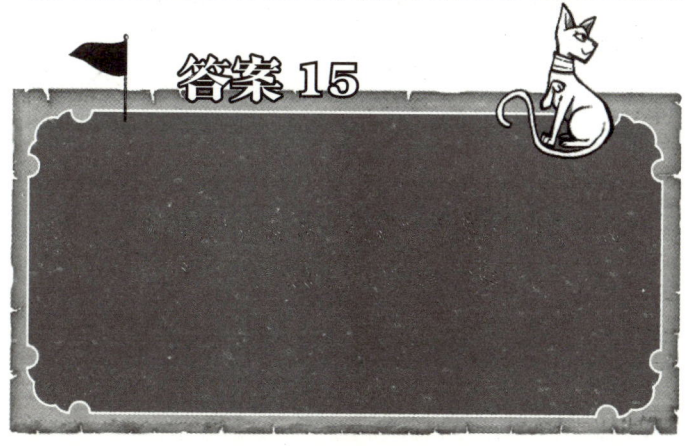

答案 14

答案 15

刺客的真身

"你这么长时间躲在哪里偷听了?"还在院子里等待的吉米迎上来就问。

"没时间了,赶紧离开这里再说!"朱利安上气不接下气地说道。

他们跑过石磨旁,出了门,拐进一条小巷,向城里跑去。

觉得安全后,朱利安倚靠在墙上,气喘吁吁地说道:"伙计们,你们肯定不相信……"

"别再卖关子了,"吉米央求道,"快说!"

朱利安点点头,从头到尾地讲述起来……

吉米吃惊地张大了嘴巴:"这怎么可能!难道他们两个就是要暗杀法老的幕后元凶?"

"我们应当告诉埃赫那顿！"莱昂提议。

吉米摇了摇头："千万别。"

"为什么？"

"首先，图特摩西斯和纳芙蒂蒂都没有说清楚谁是幕后凶手，他们看上去还在相互猜疑。即便真的是纳芙蒂蒂或是图特摩西斯，朱利安的证词一定与他们对立，要人家怎么相信你。"吉米振振有词地说道。

莱昂拉了拉自己的耳垂："没错，我们需要确凿的证据。"

"是这样，"吉米说，"我猜，图特摩西斯是主谋，因为他有动机！我们要留心观察他。"

"我不知道，"朱利安谈了自己的想法，"那杀害梅里的人呢？你觉得，图特摩西斯跟这事也有联系？"

吉米犹豫了，朱利安说得也在理。

"那么，"她最后说道，"也许这两个凶杀案根本不存在任何联系。看来今晚我们肯定解不开这个谜团了，不如去城里转一下，大家认为怎么样？我需要放松下，明天再继续。"

莱昂和朱利安表示同意，于是小伙伴们出发了。

傍晚时分，天气还是很热。孩子们在街上打打闹闹，女孩子大多扎着多股辫，男孩子则一律梳一个"侧尾"的发型，一侧是光头，另一侧的头发梳成小

辫子。

　　小伙伴们加入街上的一支队伍中，为一场比赛打气。比赛总共有两支队伍，每队由两名年轻人组成，一个人坐在另一个人的肩膀上，一只球在中间飞来飞去。伙伴们很快就明白了竞技规则：骑手尝试投球，若对方没能扑出球，投进一球算一分。

　　一刻钟后，他们继续往前走，漫无目的地在阿赫塔顿闲逛。他们经过各种各样的手工工坊，工坊里生产的东西直接放到大街上售卖。一个三层高的货架上摆放着大大小小的凉拖，一个细木加工坊前面站着

一名男子，正仔细盯着一只做工精美的浅色木制首饰盒，盒子上镶有珍贵的扁平乌木贴面，还有迷你人骨图案的象牙镶嵌工艺，带有金箔涂层的金属片正好遮挡住连接首饰盒相邻两侧的销钉，伙伴们纷纷惊叹于当时手工艺的高超技术。

他们继续往前走，驻足在一堆手工艺品前，对编织篮筐和制作陶器的手工艺人赞不绝口。

最后他们来到一个市场，在落日的余晖中，还有几家在做生意的商贩。这个市场里的货物应有尽有：有神奇的万能药膏，堆积如山的水果和蔬菜，各种尺寸和形状的器皿，各种材质的安卡十字架，带花边的围裙，神秘的香料，用来扎头发的时尚缎带，耳环、耳钉等装饰品，椎骨制成的骰子，蜂蜜做的美食，木制小马等，还有可以用绑在狮头上的绳子控制嘴巴一张一合的玩具狮子。

吉娅响亮的猫叫声吸引了他们的注意。他们低头一看，发现猫咪正盯着一个地摊，摊位上的双耳瓶里装有待售的葡萄酒。有人在那儿争执不休，一名男子正大声地抱怨葡萄酒的质量，冲着商贩直嚷嚷："这酒掺了水，你这个该死的家伙，居然弄虚作假！"

卖家毫不示弱，愤愤不平地叫来市场管理员主持公道。

吉米留意到人群中有一名男子正观察着周围的一

切，他背对着吉米，戴着头巾，但是戴法又不像白天在烈日下辛勤劳作的工人那样。

当市场管理员匆匆赶来，拉开争得面红耳赤的两个人时，那个人很快就退闪到一旁，好像是不想被人看见一样。当他的脸转向吉米的那一刻，女孩愣住了——那个男人右边的脸颊上有一个凸起的疤痕！没错，跟那名刺客一模一样！

吉米悄悄提醒她的朋友，他们此时正在看美发师做头发。

"我们去叫卫兵吧！"朱利安的脸霎时变得苍白，不安地建议道。

"千万别，"吉米斩钉截铁地说道，"如果那样的话，刺客早就不知道跑到哪里去了，我们必须盯紧他！"

"没错！"莱昂十分赞同她的观点，"我们先观察看看他要去哪里，然后通知卫兵！"

"也许他会直接跑去找图特摩西斯。"吉米想。

那个男人迈着沉重的步子经过一家无花果摊，然后消失在昏暗的小巷中。

伙伴们与他保持着适当距离。

刺客毫不在意酒吧里传来的笑声，朝着目标前行，他把一辆大推车推到一旁，躲开了一个从他身边经过的骑马人，似乎没什么能让他分心。

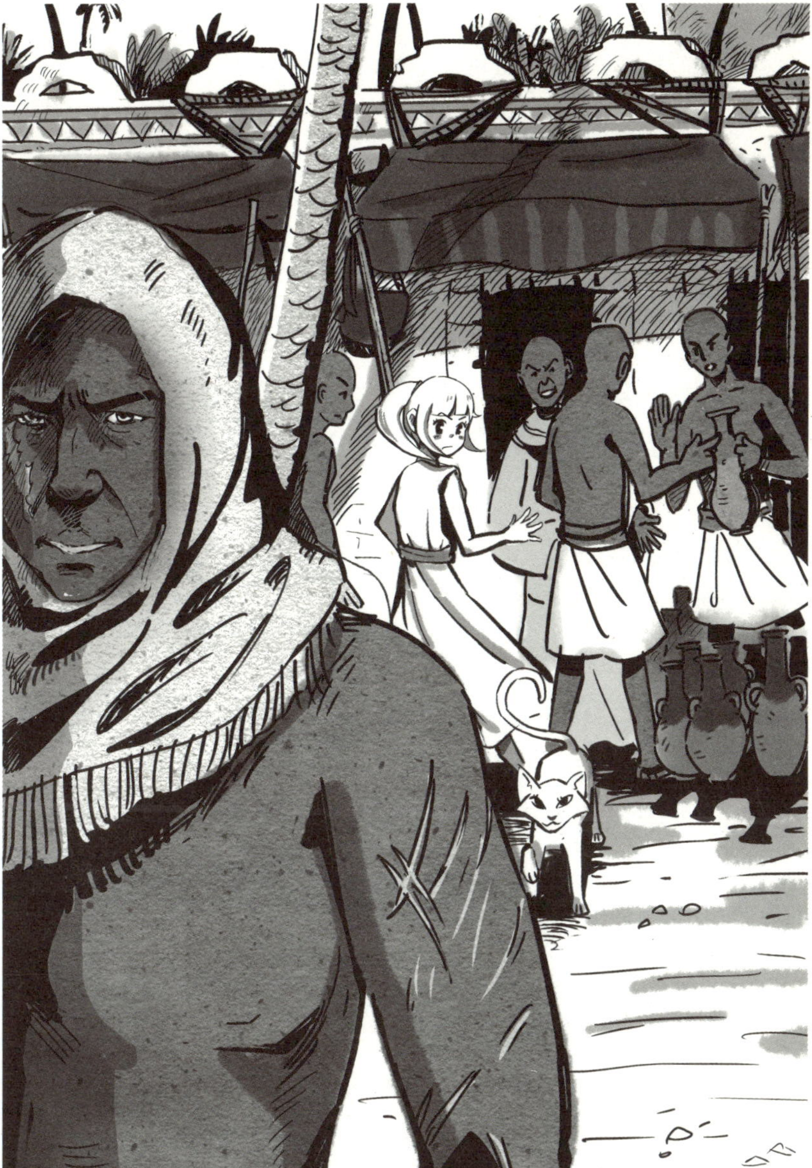

"咦,"吉米说道,"图特摩西斯的工坊在另一个方向,我觉得,他是要去尼罗河那边。"

突然,那个人转进了另一条小巷,这条巷子比前面那条更加昏暗。

吉米走进一看,心里凉了半截。除了一条横躺在屋门口打着盹的狗之外,小巷里空无一人。那家伙去哪儿了?她无可奈何地看向朱利安和莱昂。

两人耸了耸肩,一行人继续往前走。那只狗竖起耳朵,很明显,它发现了吉娅,猫咪在巷子的另一头穿行。这是一条瘦弱而又邋遢的狗,它直立起身,朝他们狂吠不止。"我们最好往回走。"朱利安用颤抖的声音说道。

"哦,那是什么?"吉米脱口说道。

说时迟那时快,有个人影从黑屋中向她扑了过来,一双有力的手抓住了她,一把将她按到墙上。

吉米想要大声尖叫,但早有一只手捂住了她的嘴巴。

吉米惊恐地睁大了眼睛。没错,偷袭她的正是那个刀疤脸刺客。莱昂和朱利安想要过来搭救她,却被那人轻而易举地踢翻在地。

他那狰狞的脸孔凑到吉米面前:"你以为我没有发现你们在跟踪我吗?"他咬牙切齿地说道,眼里充满了怒火。

吉米害怕地摇摇头。她偷瞄了一眼伙伴们，他们正挣扎着爬起来。她还看到，吉娅此时正准备飞身扑向刺客。

吉娅愤怒地嘶叫着，用它那锋利的爪子凶猛地抓挠刺客的后脖子。刺客试图阻止，不得不放开吉米，伸手向后面抓去。吉米立刻挣脱了他的魔爪，夺路而逃。

但没跑几步，吉米就发现，她跑进了一条死胡同。

吉米扯着嗓子大声呼救，莱昂和朱利安也随着她大喊大叫起来，吉娅还死死地趴在男子的后脖上。刺客粗暴地左右扭动，想要摆脱咬他的猫。

动静越来越大，终于有人打开了一扇窗户，也有人在喊卫兵。

刺客终于挣脱了吉娅，猫咪纵身一跃，跑回同伴身边。

刺客擦了擦脖子上的血迹，愤怒地挥舞着手中的拳头。"我受够了！"他勃然大怒地说道，"你们活不过今天晚上。"

伙伴们害怕地往后退，吉米知道，他们现在插翅难飞。

正在这个时候，她隐约听到了一声口令，紧接着，一队手握长矛和火炬的卫兵冲进了小巷。

刺客试图从伙伴们身边逃跑，多亏吉米及时伸出

腿将他绊倒在地。没等他爬起来，就已被卫兵们团团围住。

"怎么回事？"有人冷冷地问道。

吉米走上前，立刻认出此人正是之前拘捕他们的上尉。

"怎么又是你们？"小伙伴的再次出现让上尉有点意料之外。

"是的，"吉米努力克服内心的恐惧，颤抖着说道，"这个人就是上次那个刺客！"

"你说什么？"上尉显然吃了一惊。

"我们认出他了。"

上尉开始露出满意的笑容："很好，埃赫那顿一定会很高兴，说不定还会褒奖我。很好，我的卫兵刚好就在附近，听到呼救就赶快跑来了。"然后他用手摸了摸自己如同鸡蛋一般光滑的脑袋，"这次的收获能保住我肩上这颗漂亮的脑袋。"

漂亮？吉米心想，他的审美真让人难以接受。

上尉举起火把，仔细看了看被抓的刺客。"我简直不敢相信！"他震惊地说道。

"你认识这个家伙？！"吉米同样吃惊。

"当然，"他回应道，"谁不认识他？他是帕尼弗。"

"你说得没错，"刺客答道，"我的力量坚不可摧！"

"走着瞧。"

"你会到阿蒙神那里去,再也不会轮回转世,你到时候将一无所有。"

阿蒙神?这个神不是被明令禁止了吗?!吉米心想。

"你在哪里认识他的?"吉米忍不住问道,上尉并未作答。

上尉用长矛尖戳了戳刺客的心脏:"你太高估自己了,帕尼弗,你已经落到我手里了。"

"问问你自己,你又能活多久呢?"刺客朝上尉的脚上吐了口痰,接着放声大笑起来。

"给我带走!"上尉并不理会他,帕尼弗的双手被绑起来带走了,接着他转向小伙伴们:"你们跟我一起去趟宫里,我们需要证人。"

路上,吉米左思右想,这个帕尼弗到底是什么人,一定是个很重要的人,肯定是这样的。

一刻钟后,伙伴们同上尉一起站在埃赫那顿和纳芙蒂蒂的面前,帕尼弗在门前被几个侍卫看得死死的。

宫殿里有数不清的大殿,这次他们不在谒见大殿,而是在另一座殿堂里。可能是法老寝宫之类的,吉米暗自猜测着。大殿里是一片淡蓝色的色调,工匠们在墙上画了各种各样的鱼和尼罗河的风景画,此外还有令人自豪的古埃及战舰。

埃赫那顿和纳芙蒂蒂在躺椅上休息,椅子的形状类似硕大的睡莲。淡蓝色的躺椅靠背上点缀着掐丝工艺制成的叶子造型,形态各异,粉蓝相间。

法老夫妇刚用完膳,侍者将剩下的饭菜端走了。他们身后站着随时听候差遣的乐手,有吹奏笛子的、敲鼓的、玩象牙拨浪鼓的和弹奏竖琴的,还有几位舞者站在一旁待命。

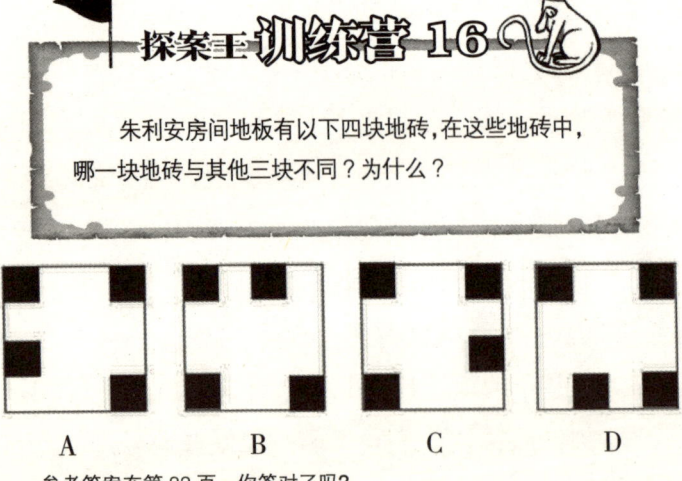

探案王训练营 16

朱利安房间地板有以下四块地砖,在这些地砖中,哪一块地砖与其他三块不同?为什么?

A　　B　　C　　D

参考答案在第83页,你答对了吗?

"神圣的法老,我逮捕了一个人,他企图加害于您。"上尉上前深深地鞠了一躬。

埃赫那顿抬起头:"把他带进来。"

上尉做了个手势,他的卫兵便把帕尼弗拖了进来。

当刺客被带上来的时候,吉米看见埃赫那顿的脸

色一下子变了。

"我没看错吧?"法老喘着粗气说道。

"没错,正是我帕尼弗,阿蒙神大祭司。"男子用充满不屑的语气说道。

吉米恍然大悟,这个帕尼弗原来就是被埃赫那顿和纳芙蒂蒂剥夺了权力的阿蒙神祭司!

埃赫那顿用嘶哑的嗓音说道:"我以为你已经死了。"

"很多人都这么认为,所以我才有机可乘。"帕尼弗笑了。

法老用不解的眼神看了看纳芙蒂蒂:"大搜捕的时候,他肯定是逃跑了。"

这时提伊插了一句话:"不是所有的祭司都去了监狱,还有几条漏网之鱼。"

"肯定是。"法老十分不悦地点头说道,"我的天罗地网还不够紧密,所以被你逃脱了,帕尼弗。"

"是的,对我来说真是不幸中的万幸。"大祭司大声说道,"可偏偏碰到了这帮兔崽子。"他用充满敌意的目光瞥了伙伴们一眼。

"哦,是的,这些孩子和他们的猫真的特别机警。"纳芙蒂蒂忍不住夸赞起伙伴们,他们同样也为这样的结果感到高兴。

"是不是你杀害了梅里?"埃赫那顿一针见血地

问道。

"是我。"帕尼弗承认得十分干脆,当埃赫那顿和纳芙蒂蒂打量他的时候,他甚至还笑了一下,"梅里是你们的帮凶,他曾经也是阿蒙神祭司,正如你们所知道的那样,为了保住头衔,他竟然能出卖自己的信仰,背弃了阿蒙神。他是个叛徒,死有余辜!"

吉米感到很迷惑,这个祭司居然在为他的罪行辩解,他一定知道,他的所作所为只有死路一条!

"我会让你好看的,你永远不会再有任何吹嘘自己罪行的机会。"埃赫那顿当众宣布,"永远,你听清楚了吗?永远!"随之而来的是法老的一阵狂笑。

"送他去死!"提伊最后大声说道。

上尉叫人堵住了帕尼弗的嘴,并派人把他押送出宫。

当他走到大门口的时候,转过身看了一眼伙伴们,吉米看到他的眼里带有一丝危险气息的笑容,这眼神意味深长,似乎能洞察一切。

吉米不禁起了一身鸡皮疙瘩。

答案 16

受伤的心

晚上，伙伴们回到睡觉的小屋中，就是之前图特摩西斯允诺留给他们的那间。小屋大概有十平方米，墙壁被刷成了白色，铺着三张厚草席，摆着一张小桌子，上面放着一壶水。

第二天，伙伴们又被分配去敲碎石头。幸运的是，工人在院子里搭了一个能遮住大半个庭院的遮阳篷，这样至少一定程度上避免了毒辣辣的太阳直射。

这份活十分单调，但是也要十分小心，在敲的时候千万不能让小碎石溅到眼睛。由于工作太无聊，莱昂、朱利安和吉米干了一会儿就想午休。

他们看到了图特摩西斯两次，一次他正和一名水泥匠交谈，另一次他朝干活的伙伴们投来严肃的目

光，雕塑家甚至还伏下身，观察莱昂的一举一动。

莱昂很不喜欢被这样观察，这感觉就像在西本塔恩老家的学校里，当学生们考试的时候，老师总是来回巡视，时不时还会探着身子检查学生的答案，甚至有时还会发出叹气的声音，这样很容易让莱昂分心乱想。

本应该是他和他的伙伴们留意图特摩西斯的举动，现在却恰恰相反，变成雕塑大师观察莱昂的一举一动，这让莱昂倍感不自在。当雕塑家一言不发地转身回到他的工坊时，莱昂感到如释重负。

莱昂继续敲打着石头，但他还是心存疑虑，即便已经揪出这个疯子帕尼弗就是幕后黑手，可他还是会忍不住想，图特摩西斯和纳芙蒂蒂究竟与刺杀埃赫那顿的案件有没有关联。但内心的声音却在提醒他，这件案子已经盖棺定论了。

莱昂沉思了一会儿，突然想道：这当然有可能，图特摩西斯指挥帕尼弗展开暗杀行动，用宗教动机掩盖了事实的真相……

今天的午餐没有鱼，而是鲜嫩多汁的鸡肉和面包。

因为更换了菜谱，莱昂看到吉米的心情无比愉悦。饭菜简单可口，莱昂美滋滋地擦了擦嘴巴。

吃完饭后他悄悄对伙伴们说："我很想知道，图

特摩西斯知道帕尼弗被捕后，会有什么反应。"

"我也是。"朱利安回应道，"我猜，他根本不知道帕尼弗被抓的消息，因为没有人告诉他。"

"是的，但是纳芙蒂蒂昨天说今天将在同一时间来工坊，视察她的半身像是否进展顺利，到时候图特摩西斯肯定会得知帕尼弗被捕的消息。"莱昂说，"到时候我也想在场。"

"他又会把我们打发走的。"吉米不无担心地说。

"没事，"莱昂答道，"朱利安昨天发现了一个很棒的监听地点。如果你们没意见的话，今天就让我去刺探消息吧。"

"没意见。"吉米一边说，一边半开玩笑地把莱昂挤到一旁。

黄昏终于降临了，工作了一天的莱昂，双手变得粗糙不堪且沾满了碎石粒。忽然，他听到一阵笑声，放眼望去，收工时间到了，周围的气氛也变得活跃起来，有人解开了磨坊边的牛，把它们赶进了牛棚，其他帮工也结束了手中的活儿。莱昂的心跳不断加速，眼看就快收工了，纳芙蒂蒂很快就要来了。

"嘿，你们也可以休息了。"其中一个男人朝他们喊道。

"好的，谢谢，我们马上就好了。"莱昂回应着。

"不要太卖力！"那个男人催促道，"没人会感激你的。"

莱昂点点头,看着工人们一个接一个地离开了,有的人回到了自己的住所,有的人三五成群地离开了院子,只剩伙伴们像昨晚那样留了下来。

图特摩西斯显然还在他的工坊里忙活,无暇顾及其他。

"我去查看下。"莱昂说道,"纳芙蒂蒂要是来了的话,这里什么都听不到。"

"千万别暴露了!"朱利安好心提醒他。

莱昂做了个手势:"别担心,我会小心的。"

在通往工坊的过道里,还没走出一米远,他就听

到一个激动的声音正逐渐向他靠近。

该死！莱昂心想，然后马上躲到了一个装饰用的巨大的双耳瓶后面，那里离工坊的帘布大概还有十米的距离。

说话的男子一副口若悬河的样子，莱昂听出这人就是之前那个带他们到雕塑师家里的仆人。

仆人的声音飘远了，很明显，他是在自言自语，而且还很激动。

紧接着躲在角落里的莱昂听见另外一个人的声音，毫无疑问，那人正是纳芙蒂蒂！

莱昂足足等了一分钟，才从双耳瓶后面往前探出身子，过道里现在空无一人。

莱昂悄悄地溜到帘布边，竖起耳朵仔细探听。

正如他所料，纳芙蒂蒂和图特摩西斯正在讨论阿蒙神祭司。

"帕尼弗？没错，我知道他。"雕塑家开诚布公地说道，不过又马上纠正了一下，"当然不是跟他相识，他作为大祭司很多人都认识他，宫里或者神庙里的人都有提过他的名字。"

纳芙蒂蒂微微笑了笑，说："可你既不是宫廷的也不是神庙的常客……"

"那又怎样？"雕塑家生气地说道，"这并不代表我就不认识几个有头有脸的人。"

莱昂皱了皱眉头，图特摩西斯对客人说的话反应有点过激。

"帕尼弗的确很重要。"纳芙蒂蒂顿了顿说，"不过，他今天只是个替罪羊，现在这人已成历史，危险算是过去了——难道不是吗？"

莱昂觉得她的话里有话。

"是的，也许吧。"雕塑家不假思索地回答道。

"很好，现在我想看下雕像。你又把它藏到这块难看的布下面！"

"很乐意效劳。我今天画了一天，面颊、后冠和脖子现在都很完美，右边的眼珠我也制作好了。当然还差点东西。"

"让我看看这个了不起的艺术品！"王后心急地说道。

莱昂听到一阵簌簌作响的声音，接着听到王后突然惊讶道："哦，这个颜色！"

"怎么？你不喜欢吗？"

接下来是一阵令人尴尬的沉默……

"那么，"纳芙蒂蒂拖着音调说道，"我不得不撒谎，如果……"

"如果什么？"

"不，我没法撒谎，我不喜欢。"纳芙蒂蒂毫不犹豫地说道。

"但是，但是……"

"没有但是，这个颜色太深了！"

"不会的！"雕塑家大声说道，"看，这里，在光线下……"

"除此之外，我也不喜欢这个额头，有点……"王后像是要找个合适的形容词，"高得很奇怪！"

"高得很奇怪？！"图特摩西斯也激动了。

天哪，莱昂心想，这个伟大的雕塑家被伤了自尊！

"你是不是就想找个理由伤害我？昨天也是这样。"图特摩西斯大声说道。

"别说废话！"

"废话？哈！这个半身像完美无缺，是你过于吹毛求疵了！你一点都不懂艺术。"

"显然你忘记了自己的身份！你要根据我的意愿修改这个半身像，或者我后面自己安排别人重做，而你必须离开这座城市。"

"你这是要驱逐我？而我一直以为，你对我……"

"没有，无论是你一厢情愿还是胡思乱想，反正我什么也没做，什么也没说。别再抱任何希望了，干你该干的。"王后冷冷地说道，"明天晚上我最后过来一次，你要修整好半身像。以阿顿神的名义，你要把半身像换成浅色，再把额头弄平一点。不然的话我只能让别人重做。"

话音刚落，纳芙蒂蒂就一边大步流星地走出工坊，一边喊来她的贴身侍卫。莱昂迅速地躲到了双耳瓶后面，幸好没被发现。

直到王后离开前，莱昂的心脏还一直跳得厉害。当他刚想出来的时候，突然听到工坊里传来一声让人毛骨悚然的惨叫声。

莱昂犹豫了，他是应该去他伙伴那里，还是进去看下图特摩西斯是否安好？

最后他决定去工坊。

雕塑师站在雕像前。他转过身，双眼布满血丝，盯着莱昂。

"您有……有什么需要帮忙的吗？我以为……"莱昂结巴地说道，"我听见呼喊声，就想过来看下，是否一切正常……"

"一切正常？"图特摩西斯破口大骂，"什么都不正常！纳芙蒂蒂刚刚来过，诋毁了我辛辛苦苦完成的半身像，但是这座半身像在我心里是如此完美——甚至是我最完美的作品！"

"是的，您说得对。"莱昂乖巧地答道。

"但是神圣的王后鄙视我的作品。"雕塑家暴跳如雷地吼道，"她同样也鄙视我！让我最好去死！让我自杀！"

莱昂不禁向后退了一步，因为雕塑家的眼里充满

了令人极度不安的愤怒。

"留下来，帮帮我，我必须做些什么！"

莱昂一下子不知道该如何回答，他不知道图特摩西斯接下来想要做什么。

雕塑家痛苦地笑了笑："别担心，我不会胡来的，至少现在不会。"紧接着，他的目光落在美丽的半身像上，"我会毁了这个东西，我要亲手把它打碎。"

"别，您千万不能这样做。"莱昂央求道，"这可是一件独一无二的艺术作品。"

而这时，图特摩西斯已经把半身像高高地举了起来，举过了头顶，眼看半身像就要摔到地上了，莱昂吓得闭上了眼睛！

但是什么事都没有发生。当莱昂再次睁开眼睛时,看到雕塑家把他的作品重新放回到底座上。他盯着雕像看了一会儿后,嘟哝道:"我有了更好的主意。"莱昂长长地舒了一口气。

"我会完成这座雕像的,以我独特的方式完成它。"图特摩西斯笑了笑。莱昂心里直犯嘀咕,雕塑家的葫芦里到底在卖什么药。

"是的,我会完成它,但是她会没有左边的眼睛。我要毁了这张美丽的脸!"图特摩西斯咬牙切齿地说道,"如果后来的人看到这尊半身像,就会以为纳芙蒂蒂长得很难看,它将因为缺了一只眼睛而变得难看!"

莱昂不由自主地张大了嘴巴,很明显,雕塑家是想用自己的方式报复纳芙蒂蒂!一方面,她没有回应他的爱,另一方面,她不理解他的艺术作品。

"你走吧,我一个人能行!"大师冲着莱昂喊道。

莱昂很快离开了工坊。当他走到过道时,就立刻飞奔起来,他必须赶快见到吉米和朱利安,向他们报告这件事。莱昂刚刚已经得知这尊有名的雕像独独缺少了左边眼睛的秘密!现在他们已经解开了第一个谜团。

朱利安跟吉米一样,听完莱昂的讲述后十分吃惊。图特摩西斯的艺术造诣受到了诋毁,除此之外还爱上了一个不该爱的人,现在他们两个人的关系算是彻底破裂了。

三个人蹲在雕塑家的院子里，在火把的映衬下，思考接下来该怎么办。几米之外有两个图特摩西斯的助手正在玩一个棋盘游戏，两个人正以难以置信的速度把一个石子推来推去。破解图坦卡蒙谋杀案的时候，伙伴们曾看过别人玩这个游戏。

探案王训练营 17

假如图特摩西斯的助手玩的游戏如下图所示，其中相邻的石子都可以上下左右移动到空位上，那么在下面五个图中，哪一个图是无法实现的？

A　　B　　C

D　　E

参考答案在第96页，你答对了吗？

吉娅在伙伴们的身旁钻来钻去，朱利安知道，它想跟他们踢足球，但是当务之急是要做好下一步的打算。

"本来，"吉米轻声说道，"我们现在可以回家了，因为我们来时的目的已经达成了，谜团也已经解开了。"

突然传来一声生气的猫叫声，朱利安起初以为是吉米的话惹得吉娅不高兴了，但这似乎不太可能……

"吉娅像是反对的样子。"莱昂调皮地说道。

"是呀，埃及可是它的老家，"吉米回答道，"它当然喜欢这里了。"

朱利安摸了摸猫咪的脑袋，突然想到了什么："也许出于另外一个理由，我们也应当留下来……"

吉米和莱昂好奇地看看他。

"你们还记得吗，纳芙蒂蒂和埃赫那顿在驾临窗那次，莱昂发现的镜子反射信号？"朱利安一边回想一边说道。

探案王训练营 18

仔细回想驾临窗行刺现场，想想看朱利安发现了什么问题。

参考答案在第 96 页，你答对了吗？

答案 17

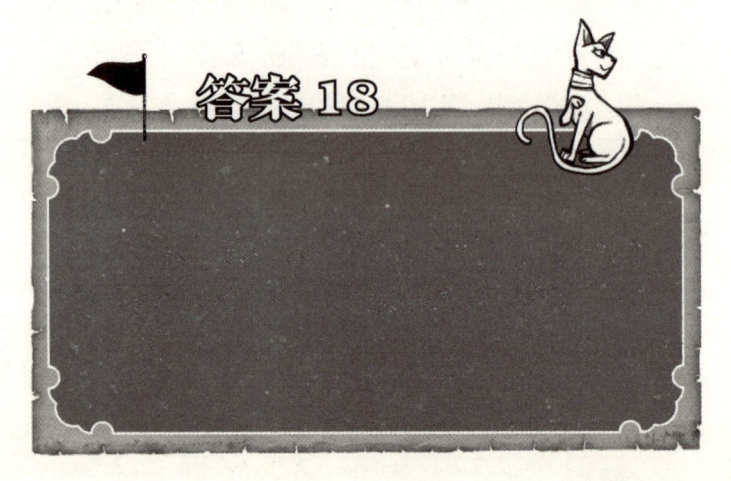

答案 18

雕塑大师的秘密

"是的。"吉米接着话茬说道,"然后呢?"

"应该至少有两名凶手,一个负责发射信号,一个负责实际行凶。"朱利安根据自己的推理继续说道,"也许还不止,但现在只有一名凶手关在牢里,也就是帕尼弗。"

吉米点点头:"你说得很有道理,只要还有一个或者更多的凶手逍遥法外,危险就依然存在。"

"你是觉得,我们应该继续调查?"莱昂问。

"没错,而且我想知道,纳芙蒂蒂对未完成的半身像会作何反应。第三……"朱利安没说下去,因为有个胖子匆匆朝院子的方向跑过来,朱利安认出他是图特摩西斯的一名工人。

"你们已经……知道……最新消息……了吗？"他还没有走近，就上气不接下气地对那两个正在玩游戏的同伴大声说道。

"知道什么？"手里拿着游戏石子的人问道。

"你一定会透露给我们的。"另一个人对胖子说道。

胖子一下子瘫坐在地上。"他……跑了！"他大口喘着气继续说道。

朱利安竖起了耳朵——说谁呢？该不会是帕尼弗吧？

"谁跑了？"其中一个人好奇地问道。

"那个……那个家伙……企图刺杀法老的那个！"

朱利安有些吃惊地张大了嘴巴，这个胖子说的正是那个可怕的阿蒙神祭司帕尼弗！

"是吗？"其中一个人说道，"他怎么办到的？我总觉得，没人能从监狱里面逃出来，至少不会活着出来。"

胖子耸了耸肩膀："不知道。"接着一丝微笑从他的脸上掠过，"但这个坏蛋没能跑多远……"

"哦，发生了什么？"

对，快说！朱利安心想，他跟莱昂和吉米交换了下眼神。

"他在逃亡的路上被逮住了。"胖子庆幸地说道。

"真是万幸。"另一个人说道。

"很可能是他想跑远点,在偷马逃跑的时候被人杀了。我是在海边的一间小酒馆里听到这事的。"胖子继续说道。

对方放下手里的石子:"现在总算安宁了。"

"不是吧,"朱利安心想,"我不相信。"他们继续偷听这些人的对话,但是并没更多的信息了。

深夜,伙伴们回到了小屋中。

吉米和莱昂都已经睡着了,可是躺在草席上的朱利安仍无睡意。他脑子里还在想,纳芙蒂蒂对未完成的半身像会有何反应?或者图特摩西斯仍然会完成他的作品吗?雕塑家终究是为王后服务的,还是先完成任务要紧。

吉娅躺在朱利安身边,打着猫咪独有的呼噜声。他挠了挠猫咪的下巴,它的呼噜声越来越响,男孩紧紧地依偎着猫咪,终于入睡了。

可是他没睡多久,就被吉娅固执地叫醒了。

"别呀,"睡意正浓的朱利安抱怨道,"天还黑着呢,我不想起来。"

但是吉娅什么都不管,一直用爪子戳朱利安,直到把他完全弄醒。

"怎么了?"朱利安没精打采地问道。

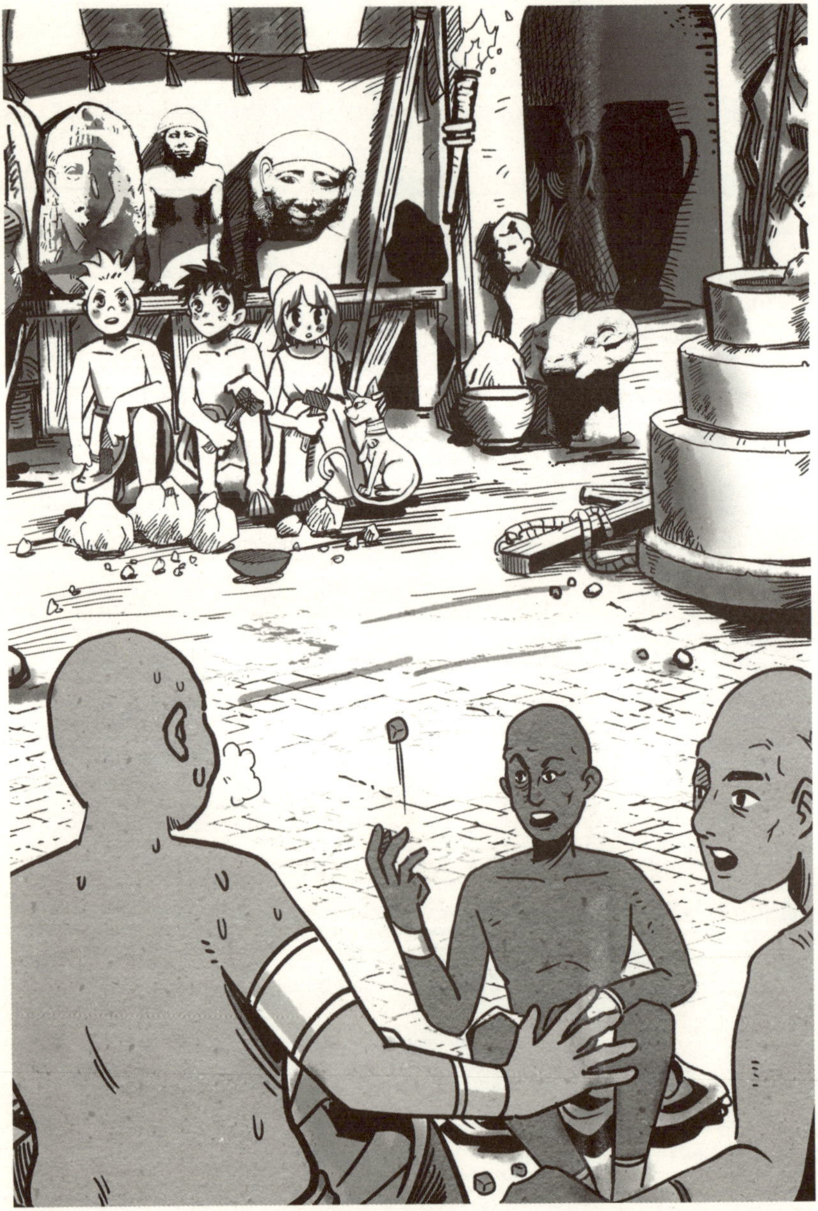

猫咪轻轻地叫唤了一声，走到门口。

朱利安叹了口气，不知道吉娅只是想出去晃晃，还是要出去捉老鼠？

他爬了起来，放猫出了门。正当朱利安想转身再躺下去的时候，猫咪又非常急切地叫了一声。朱利安顿时清醒了，吉娅不是想去捉老鼠，而是想让他陪着去哪里，聪明的猫咪估计是想给他看点东西。朱利安迟疑了一会儿，他要把吉米和莱昂叫醒吗？

吉娅立刻打消了他这个念头，没等他反应过来，猫咪就以迅雷不及掩耳之势跑到了院子里。

朱利安紧紧地跟着它，差点被一堆石头绊倒。

他跟在猫咪身后，轻轻地呼唤道："不要跑那么快。"他看到猫咪径直跑到通往工坊的过道里。

当朱利安走进过道时心想，难道吉娅是要去半身像那里吗？

眼前的过道空无一人。

"吉娅？"他轻轻地呼唤道。

这时又传来猫咪的声音，但是它的声音是从哪里传来的呢？

朱利安用心听了听，努力睁大双眼，过道里几乎伸手不见五指，突然他发现不远处有动静。

一定是吉娅！朱利安摸索着在过道里前行，路过图特摩西斯的工坊门口。猫咪对大师的工坊丝毫不感

兴趣,它会去什么地方呢?

朱利安继续往前走,来到了一个他之前从未去过的地方。

过道里有一扇开着的门,能闻到门里面满是烟草、洋葱和啤酒的味道,朱利安估计自己是站在厨房门口。

但是吉娅对这里也不感兴趣,猫咪领着朱利安拐到另一条过道,最后停在一扇紧闭的门前。

现在呢?朱利安暗自问道。他猜想,眼前这间应该就是大师的私人房间了。

吉娅用爪子抓了抓门,很明显,这就是它想进去的地方。

朱利安的心怦怦乱跳,他闭上眼睛都能想得到,一旦打开门,气急败坏的图特摩西斯就会抓住他。

朱利安满腹狐疑地向下瞅了瞅在深夜陪伴着他的吉娅。

吉娅转过身子,不耐烦地叫了一声。朱利安心想,这趟出来究竟有什么意义呢?

吉娅并不打算离开过道,它往后退了半米,斜向上腾空一跃,直接把自己悬挂在门把手上。

门被打开了……

朱利安默不作声,吓得往后退了几步。

猫咪消失在漆黑一片的屋里。

朱利安等了一会儿,才敢走进房间。这间屋子里

只有一个小小的窗户，借着微弱的月光，他隐隐约约辨认出一张床、几个箱子、一张矮桌和两把凳子。

朱利安目不转睛地盯着床，那里有人吗？是图特摩西斯吗？他会吓一大跳还是暴怒？

朱利安屏住了呼吸，慢慢等眼睛适应了微弱的光线，他才看清楚，床上根本没有睡着人，屋里空无一人。也许雕塑家去见朋友，排遣去了；也有可能在海边的酒馆里买醉，以摆脱爱情带来的苦闷。

但是，这只猫到底要在这里做什么呢？

"来吧，吉娅，我们趁早溜走吧。"朱利安轻轻说道。他很害怕图特摩西斯会突然出现，把他当成窃贼。

猫咪很不情愿地叫了一声，而后敏捷地越过床，跳到一个箱盖上，用利爪在上面挠了挠。

朱利安立刻明白了，猫咪是想让他查看箱子！他不得不颤抖着打开了箱盖。

在月光下，他看见箱子里面整齐地叠放着一些干净的衣服。朱利安有点失望，不过他还是将手伸了进去。

真不可思议！朱利安心想，我竟然在翻图特摩西斯的衣服！

他的手触摸到的都是一些柔软的面料，然而突然间，他的指尖碰到了一个坚硬的东西——究竟是什么呢？

皮带扣？应该不是，这个时期的埃及人既不穿裤

子也不穿长大衣，还用不到皮带扣。朱利安暗自思忖着。

朱利安从衣服底下慢慢地抽出这件东西，他没想到，吉娅正兴奋得左右摇摆着它的尾巴。

朱利安把战利品拿到手里，这是一个细长的小人儿。朱利安走到光线更亮的窗口处查看，他心想，会在箱子里发现什么玩意儿呢？

吉娅在他的脚边跳来跳去。当他把物件拿到月光下仔细端详的时候，发现了一个惊天秘密！

探案王训练营 19

朱利安发现的是什么？

参考答案在第105页，你答对了吗？

答案 19

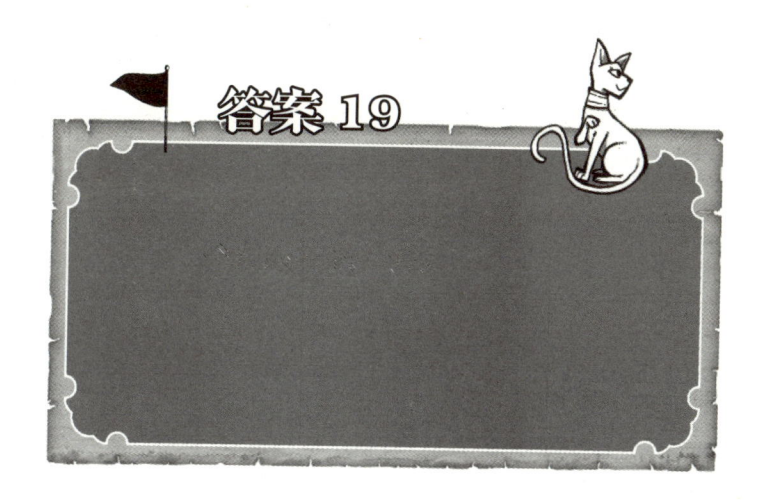

蝎子计划

那是一个纤细的小人儿,头戴高高的王冠,右手持着权杖——啊,这是阿蒙神像,被明令禁止的神祇!同样的小人儿之前在刺客那里见到过!原来这就是吉娅引他到这里来的原因。

朱利安思绪飞转,难道雕塑家也是旧神祇的追随者?他也参与了暗杀吗?他是帕尼弗的帮凶吗?

如果是这样的话,那么图特摩西斯想除掉埃赫那顿就有两个主要动机:宗教信仰和对纳芙蒂蒂的爱。

朱利安感到手里的战利品很是烫手,他马上将东西放回了原处,轻轻合上箱门后,和吉娅一起匆匆离开。

第二天,阿顿神像是要把城市烤焦方才罢休的样

子，一大早的温度就让人难以忍受。像往常一样，伙伴们正在院子里忙着敲碎石头，吉米把一条浸过水的毛巾搭在头上和肩上，像莱昂和朱利安一样挥舞着手中的锤子。

她一边干活，一边反复想着昨天晚上朱利安讲的那些话。

如果说图特摩西斯是阿蒙神的追随者，那么他一定知道，这将危及性命。可即便如此，他依然要把这样一个护身符留在身边，实在太冒险了……而且，纳芙蒂蒂知道这事吗？

一大滴汗珠从她的额头上一直滚落到鼻尖，吉米站起身，想去人工池里弄点水给自己和伙伴们喝。水是通过管道从尼罗河引流到这里，再储存起来的。当她把木桶浸到水里的时候，听到工坊里传来兴奋的声音。

吉米走进屋里，把容器放回原处。

一名侍者迎面走来，摇晃着两个手臂。"贵宾到访！"他大声说道，"埃赫那顿和他的母亲大驾光临，他们要去工坊视察自己的半身像的进展情况！"

"他们来视察？"

"我们要为此感到荣幸，小子！"

"你叫我什么？"吉米脱口而出。

"好了，没时间跟你费口舌了。"侍者回答，

"通知所有人，都表现得规矩点，不许偷懒。"

"没人会偷懒！"吉米义正词严地回答道。她飞快地跑回院里，告知大家法老和他的母亲要来的消息。

不到两分钟时间，尊贵的客人们在图特摩西斯的陪同下来到了庭院，所有的人都在埃赫那顿和提伊的面前跪了下来。随后他们走进了房子里面。

"快跟上，小伙子们！"吉米一边轻声说道，一边跟在他们后面，同伴们立马跟了过来。

当他们跟着访客和雕塑师走进工坊时，一路上没有任何人阻拦他们。

"很好，你们也在这里！"当图特摩西斯看到伙伴们时说道，"我还需要一点石膏。"

伙伴们兴高采烈地跑了出去。当他们取回所需的石膏时，埃赫那顿和提伊正好站在纳芙蒂蒂的半身像前。

"这只眼睛是怎么回事？"法老问。

雕塑家深深地吸了口气，欲言又止。

埃赫那顿生气地又询问了一次。

"好吧，"雕塑家支支吾吾地说道，"她只有一只眼睛……"

"你不是在开玩笑吧！"法老怒气冲冲地说道，"这是什么意思？你是想用这拙劣的作品侮辱我的美人吗？"

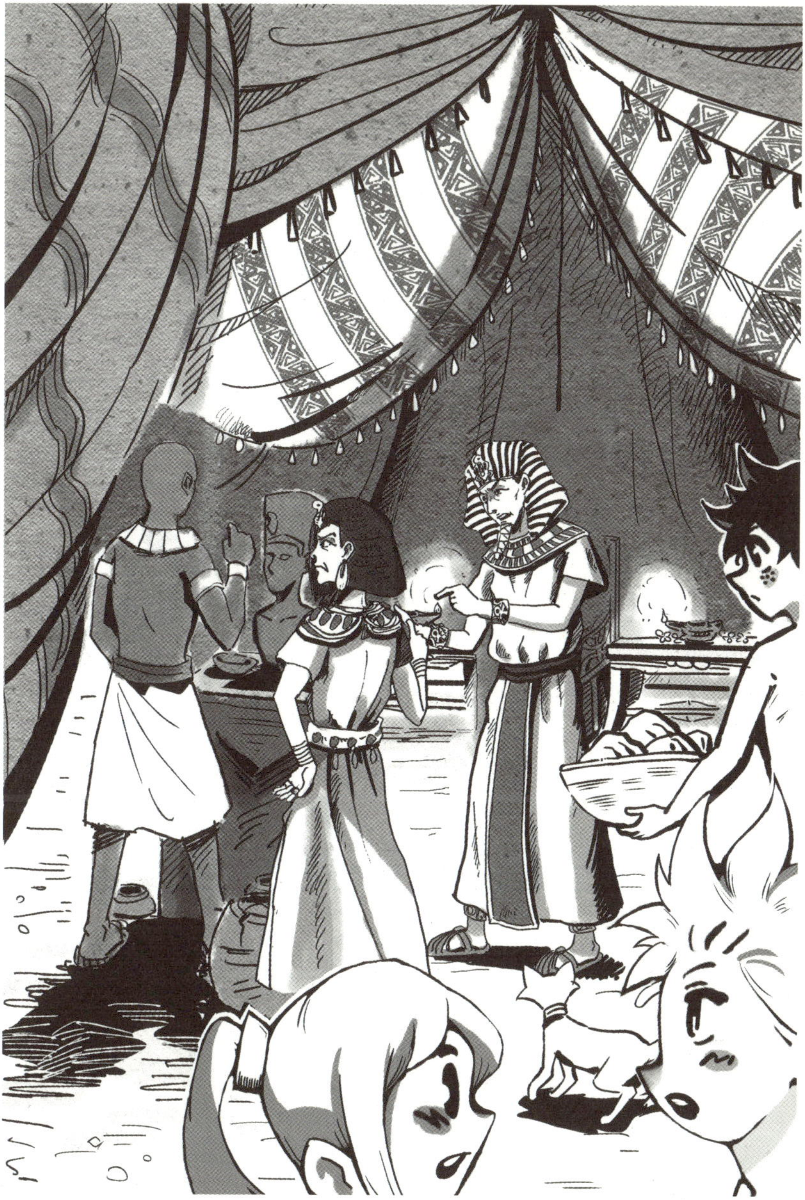

吉米轻轻地放下提桶。虽然他们在场，却没有任何人来干涉他们。正好吉米也想知道，雕塑家会如何回答这个问题。

"这才不是什么拙劣的作品，"图特摩西斯费力地挤出几个词，"这是有意为之的。"

"你是怎么想的，你这个废物？！"埃赫那顿吼道，"我要革了你的职，加以笞刑示众。"

雕塑家跪倒在地，在法老面前深深地弯下身子，额头几乎贴到了地上。"我无所谓，"他抽泣着说道，"比起纳芙蒂蒂对我的伤害，这算不上什么。"

"你什么意思？"埃赫那顿的语气稍微缓和了一点。

吉米咬了一下嘴唇，图特摩西斯到底在想什么呀？

"我……我爱她。"雕塑师结结巴巴地说道。

埃赫那顿的反应出乎吉米的预料，他只是笑了笑。"所有人都爱她！"法老宽慰地说道，"老百姓都爱戴她。"

"我对她的爱是不一样的。我爱她，是作为一个男人的爱。而她，也爱我。"

法老和他的母亲不知所措地看着雕塑家，埃赫那顿的脸瞬间变得苍白。

吉米马上想到，为什么图特摩西斯要撒谎？纳

芙蒂蒂最后跟他讲得一清二楚，让他千万别再抱有任何希望！图特摩西斯到底是有意为之，还是真的无所谓，反正他是不想活了……

"你刚才说什么？"法老威胁道。

突然，图特摩西斯放声大哭了起来："是的，我爱她，她也爱我，但是昨天她要把我驱逐出城……"雕塑家泪流满面地抬起头，神情变得冷酷起来，"所以我把她的脸给毁了，至少在这个半身像上！此外……"

"够了，以阿顿神的名义！"埃赫那顿那刺耳的声音顿时响彻整间雕塑工坊，他开始神智不清地咒骂起来。没像吉米料想的那样，他对雕塑家倒没有恼羞成怒，而是针对纳芙蒂蒂。法老好像很容易就相信了图特摩西斯编造的谎言，嫉妒使他失去了判断力。

"我不明白！"埃赫那顿怒吼道，"她辜负了我对她的信任！"

提伊把一只手搭在他的肩膀上："冷静一下。你可以拥有这个世界上所有的女人，你是法老，每个女人都渴望接近你。"

这番话并没有平复埃赫那顿的心情："纳芙蒂蒂可不是随便什么女人，她是世界上最美丽的女人！"

"如果你一味地这样认为的话，"他的母亲问道，"那你现在想怎么做？把纳芙蒂蒂驱逐出宫？"

111

"我不知道，"埃赫那顿回答道，"我必须好好想一想。等下就是谒见会，纳芙蒂蒂会先来，到时候我们再议。现在先看看我们的半身像，图特摩西斯，我希望我们没有少眼睛或缺鼻子的！"

像是心有灵犀似的，伙伴们不约而同地退回到过道里。

"真是荒唐，"吉米小声说道，"埃赫那顿对纳芙蒂蒂的信任这么容易就动摇了。"

朱利安也忍不住说道："真让人伤心。"

他们回到院子里，其他男人还在那里干活。

伙伴们弯下腰，对着石头叹了叹气。

没过几分钟，吉米就把工具扔到了一边。"我们趁午休的时候去谒见会如何？谁都可以去，不是吗？"她说道。

"可以试试。"莱昂回答道，"但是去了你又能做什么？"

"我会告诉纳芙蒂蒂刚刚发生的事，"吉米说，"我觉得这很不公平，埃赫那顿怀疑纳芙蒂蒂和图特摩西斯有关系，她有被驱逐出宫的危险！我们知道图特摩西斯撒了谎，也许他想以这样的方式复仇。我们必须阻止这一切。"

莱昂拉了拉自己的耳垂，拼命地点点头，说道："就按你说的办。"

这一次，伙伴们放弃了午餐，飞奔去了宫殿。

"去谒见会？"其中一个门卫很不高兴地说，"你们来得太早了，晚点再来！"

吉米可没有任何耐心："我们必须马上见到纳芙蒂蒂！"

卫兵翻了翻白眼："所有人都这样说。"

"我们有重要的事要跟她汇报！"吉米编了个理由，"图特摩西斯托我们捎个口信，就是那个雕塑大师，我们是他的助手。"

卫兵皱了皱眉头，安排了两名卫兵陪他们走到谒见大殿的门口。

"在这里等着！"其中一名卫兵下令道，随后消失在隔壁的房子里。

过了一分钟，卫兵出现了，领他们进了一处偏殿。

纳芙蒂蒂坐在凳子上，许多侍女正在服侍她穿衣服。这是一件设计简单的、带有白色花朵的衣服，衣服四周还用金丝线镶了边。一个纯金的阿顿神盘在她的脖子上闪闪发光。她脚上穿着凉拖，凉拖上的宝石也同样耀眼。

纳芙蒂蒂没有戴假发。伙伴们看到，她那乌黑的头发剪得很短。吉米觉得这样很方便，因为可以用假发随时变换自己的发型。

"哟，是你们啊！"王后跟伙伴们打招呼，他们

朝王后深深地鞠了一躬。

"看着我,我不喜欢你们对我这样卑躬屈膝。"纳芙蒂蒂笑着说道。

伙伴们从命,吉娅则跑向王后,主动趴在她的裙摆边。

"吉娅,过来!"吉米担心地小声喊道。

"让它去吧。"纳芙蒂蒂用温柔的语气回答道,"告诉我,你们为什么来这里。我听说,你们带了图特摩西斯的口信给我,我的半身像好了?"

"呃……没有。"吉米结结巴巴地说道,"我们来是因为其他原因。"

王后优雅地挑了挑眉毛,摆出一副被逗乐的表情,问道:"什么原因?"

"是因为……一个谎言。"吉米说道,"一个相当恶毒的谎言。"接着她原原本本地道出了整件事的经过。

当她说完后,纳芙蒂蒂忍不住哈哈大笑起来:"哦,多么糟糕的故事!这个图特摩西斯脑子里究竟装着什么东西?我会跟他谈谈,也许我应该把他打发走,或者直接忽视他,看看再说吧。千万别担心埃赫那顿,我会在谒见会后跟他好好谈谈的。无论如何,我十分感谢你们的到来。"

伙伴们看上去像是松了口气。

一名侍女手持镜子走到王后跟前,纳芙蒂蒂看了看镜子,满意地点了点头:"很好!"

这时传来孩子们的吵闹声,纳芙蒂蒂转过身,四个小女孩向她跑了过来。她们由两名侍女照顾,吉米估计她们大概在两岁到六岁之间。

"这是我的女儿梅莉特阿顿、玛可阿顿、安海森帕阿顿、纳芙纳芙鲁阿顿·塔施莉特。"她骄傲地介绍自己的孩子。

孩子们在母亲的身边嬉闹着,想缠着她带她们去外面的花园玩。

"晚点再说,"纳芙蒂蒂温柔地笑着解释道,

"我还要处理朝政事务……"

女孩们即便万般不情愿,依然被侍女带走了。

"那么,"王后再次看了看镜子里的自己,"现在还差一顶假发,那个拉姆斯跑到哪里去了?"

"您是说假发侍者吗?"身边的一名侍女确认了一下。

"就是他,叫他过来。"

"您还有一名专门的假发侍者?"吉米非常诧异。

"当然,"纳芙蒂蒂回答道,"我有六百多名侍者。有几个我知道名字——比如拉姆斯,他是专门负责给我戴假发的。还有一个专门负责制作假发的侍者,只有专业的人才会做出漂亮的假发。我为今天的谒见会挑选了一顶特别的假发——是由十万根编织在一起并且用蜜蜡固定的头发做成的。"

吉米惊呆了,这是多么令人难以置信的花费!

"我来了!"门外飘来一个声音,一个胖乎乎的男人出现在大家眼前,他胸前托着一个软垫,上面放着一顶精美的假发。

"抱歉,神圣的王后,有几缕假发散开了。"拉姆斯低声下气地解释着,"因为我一时找不到假发匠人胡亚,我就自作主张……"

王后不耐烦地示意了下:"少废话,时间紧迫,做好你分内的事,拉姆斯。"

"好的，马上！"侍者马上说道。

这个时候，一直趴在王后裙摆边的吉娅突然有点不安，它抬起头，冲着拉姆斯发出"呼呼"的声音。

"丑陋的杂种猫。"假发侍者阴阳怪气地骂道，而后转过头对王后傻乎乎地笑了笑。

"它是只埃及猫。"每当有人这样说吉娅的时候，吉米总是这样纠正，"另外，它一点也不丑！"吉米丝毫不放过这一点，拉姆斯对她的抗议也毫不在意。

侍者退到王后的身后，把放有假发的垫子摆放到身旁的一张矮桌上。

吉娅从纳芙蒂蒂的腿上猛地往外一跳，而且全身的毛都竖了起来，紧接着又叫了一声——喵！

吉米发现猫咪十分焦虑，到底是怎么了？吉米想，它是察觉到危险了吗？她四下张望，难不成有刺客埋伏在某个地方？

拉姆斯迅速地拿起垫子上美丽的假发，套在王后的头上，接着他向后退了一步。吉米注意到，他的嘴唇在微微颤抖，眼睛直勾勾地盯着纳芙蒂蒂的后背。

吉米越发感到惶恐了，肯定哪里不对劲。

吉娅又跳回到王后的怀里，开始用爪子去抓她的假发辫子。

纳芙蒂蒂哈哈大笑起来："别，别闹了！"她试着想要阻止猫咪。

拉姆斯又往后退了一步。

吉娅反常的行为，假发侍者的怪异举动……吉米突然涌出了一个可怕的想法！

"小心！"她叫道。

与此同时，王后抓了抓脑袋："什么东西？有东西在爬……"

话音刚落，吉米一把扯下了王后头上的假发。

假发啪的一声摔在镶有精致马赛克的大理石地面上，里面窜出一只黑色的小东西，它的尾巴向上翘起，上面还带有一根尖尖的毒针。

"是蝎子！"纳芙蒂蒂的尖叫声传遍了整栋屋子，"有人想谋害我！"

吉米差点瘫倒在地。她知道，有的蝎子带有剧毒——轻轻一蜇，就能让人当场倒地。

侍女们也大喊大叫起来，其中一个甚至还晕倒了。其他侍者和卫兵从四面八方跑了过来，尖叫声此起彼伏。

一会儿的工夫，蝎子就迅速藏到一个高高的花瓶后面去了。

吉米心里唯一的想法是：拉姆斯去哪儿了？他一定跟这次谋杀有关系！

但是假发侍者早就开溜了，他一定是趁乱逃跑了！

"出发,男孩们!"吉米喊道,"我们要抓住他!"伙伴们马上展开了追捕行动。

探案王训练营 20

下图中左上角是一个底座,其余是编号为 1 至 4 的平面纸张。你知道哪个编号的纸张可以和底座合在一起,形成一个完整的金字塔吗?请仔细观察后再做出选择。

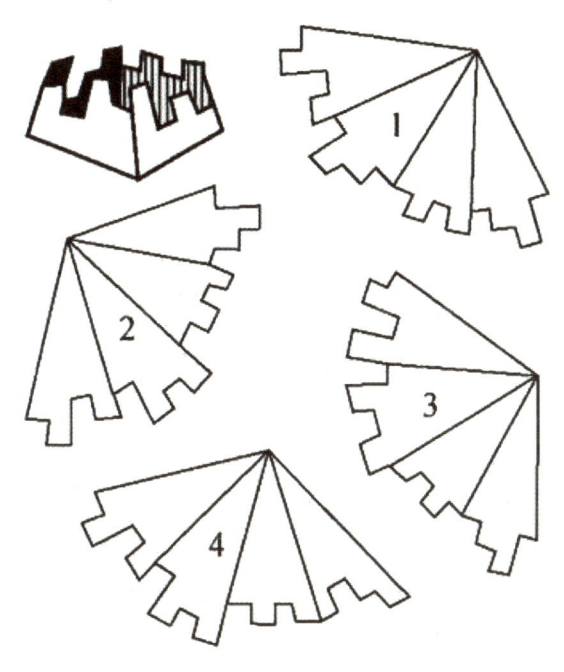

参考答案在第 120 页,你答对了吗?

答案 20

神秘大船的主人

莱昂推测,拉姆斯没跑多远。

当他和其他人从屋里跑到走廊的时候,伙伴们看见假发侍者被两个彪形大汉强行带走了。

但是出乎莱昂的意料,拉姆斯并没有被带到纳芙蒂蒂那里。

"奇怪,他会被带去哪里呢?纳芙蒂蒂一定想知道,他为什么要这样做。"莱昂说道。

"是的,她一定也想知道,是谁指使拉姆斯这样做的。"朱利安补充了一句。

莱昂拉了拉自己的左耳垂。"也许埃赫那顿才是幕后凶手!"他小声说道,"他可能是出于嫉妒。快点,我倒要看看,拉姆斯会被带去哪里?"

拉姆斯毫无反抗地被卫兵架出了宫殿,伙伴们偷偷地跟在他们身后。

"也许他们要送他去监狱。"莱昂觉得这是很有可能的。

然而再次出乎他们意料的是,卫兵们把侍者带去了港口。

尼罗河的岸边停泊着无数艘运货的船舶,有的装着散发着特殊气味的香料,有的满载着陶器,还有的船上站满了人。书记员站在船边,所有准备装船的货物或者卸下来的货物,他们都要一个不落地记录下来。挑夫们拉着打磨好的乌木、象牙、成筐的鸵鸟蛋和成捆的豹纹皮草从伙伴们身边经过。

大约离他们五十米远,停着一艘豪华大船。大船约三十米长,船头优雅地左右摇摆着,不禁让人联想到一张巨大的鸭嘴。大船气派高大,船舱差不多有十五米长,船舷上刻满名贵的雕刻。两名卫兵正是要把囚犯带上这艘船。

"这是怎么一回事?"莱昂看到他们强迫拉姆斯登上跳板,三人最后消失在船舱后面。

"但有一点很清楚——这肯定不是什么监狱。"莱昂一脸错愕地说道,"我很好奇,谁是这艘船的主人。"

拿不定主意的伙伴们先后经过豪华大船旁,最后

走到码头的尽头，那里矗立着一对巨大的双耳瓶，后面就是上船的必经之路。

"嘿，那里过来一顶轿子！"莱昂激动地说道。

伙伴们轻手轻脚地躲到了双耳瓶后面。

莱昂躲在瓶子后面偷偷地看，这是一顶悬挂着白布的轿子，由四名侍者抬着，他们在跳板旁放下了轿子。其中一名侍者立刻上前，在轿子前方撑开了一顶类似阳伞的玩意儿。

这时有人走下轿子。莱昂轻轻地挪了几步，可惜他只能看到一双脚！以他的距离很难判断那双脚是男人的还是女人的。

"这肯定是埃赫那顿！"吉米推测，"他一定想知道，拉姆斯为什么没能暗杀成功！"

莱昂耸了耸肩膀，这真是一件棘手的案子！

那个被伞遮住的人在伙伴们充满好奇的目光下消失在船舱里。

"真讨厌！"莱昂咒骂道。

"我们最好在这里等着，直到这个人离开这里。"朱利安提议，"也许到时候我们就能看到……"

突然，船上传来一声呼救声，有一个人冲到了甲板上。

"是拉姆斯！"莱昂大声说道。

两名卫兵紧紧地追在他的身后，只见拉姆斯冲到

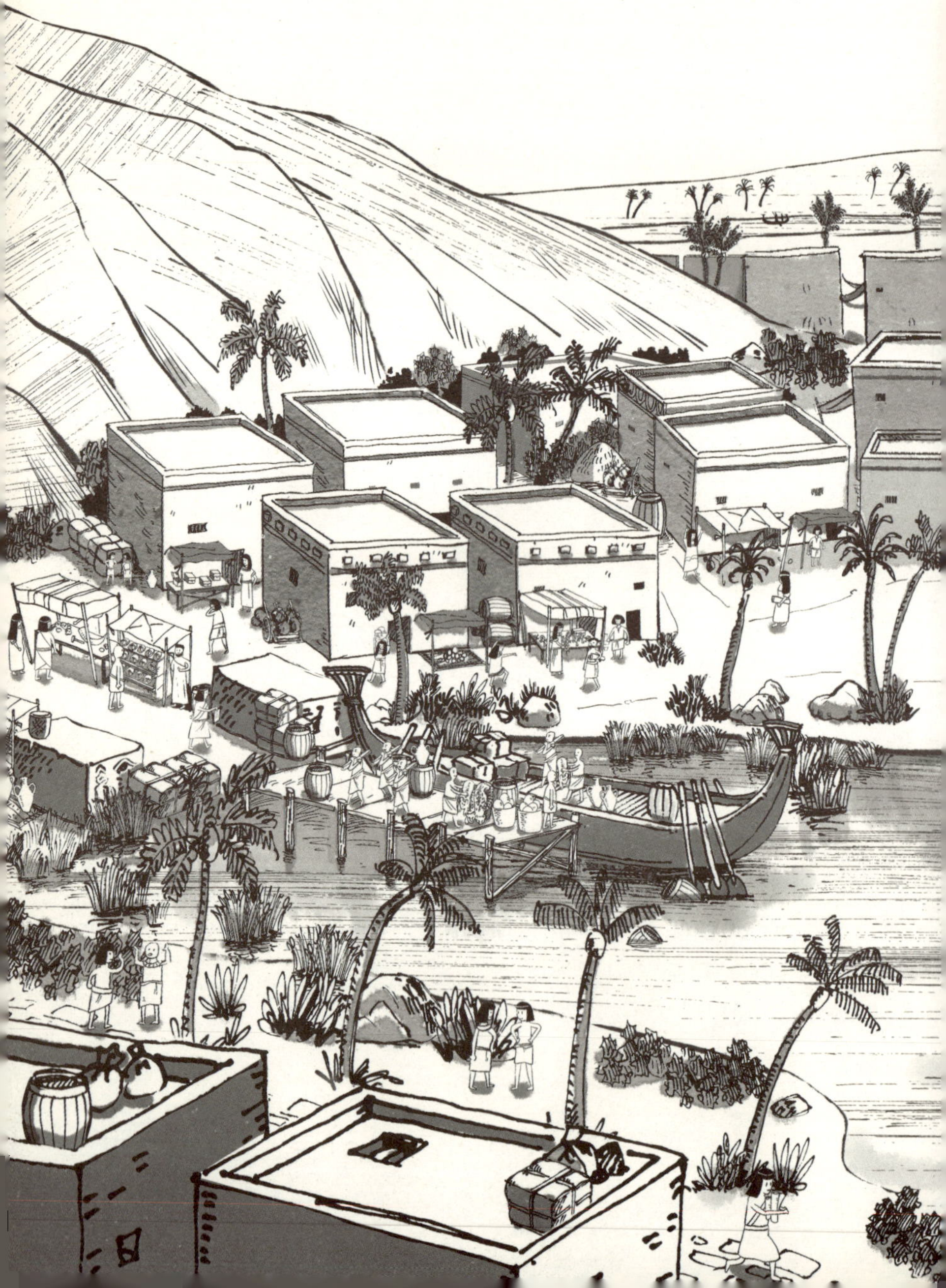

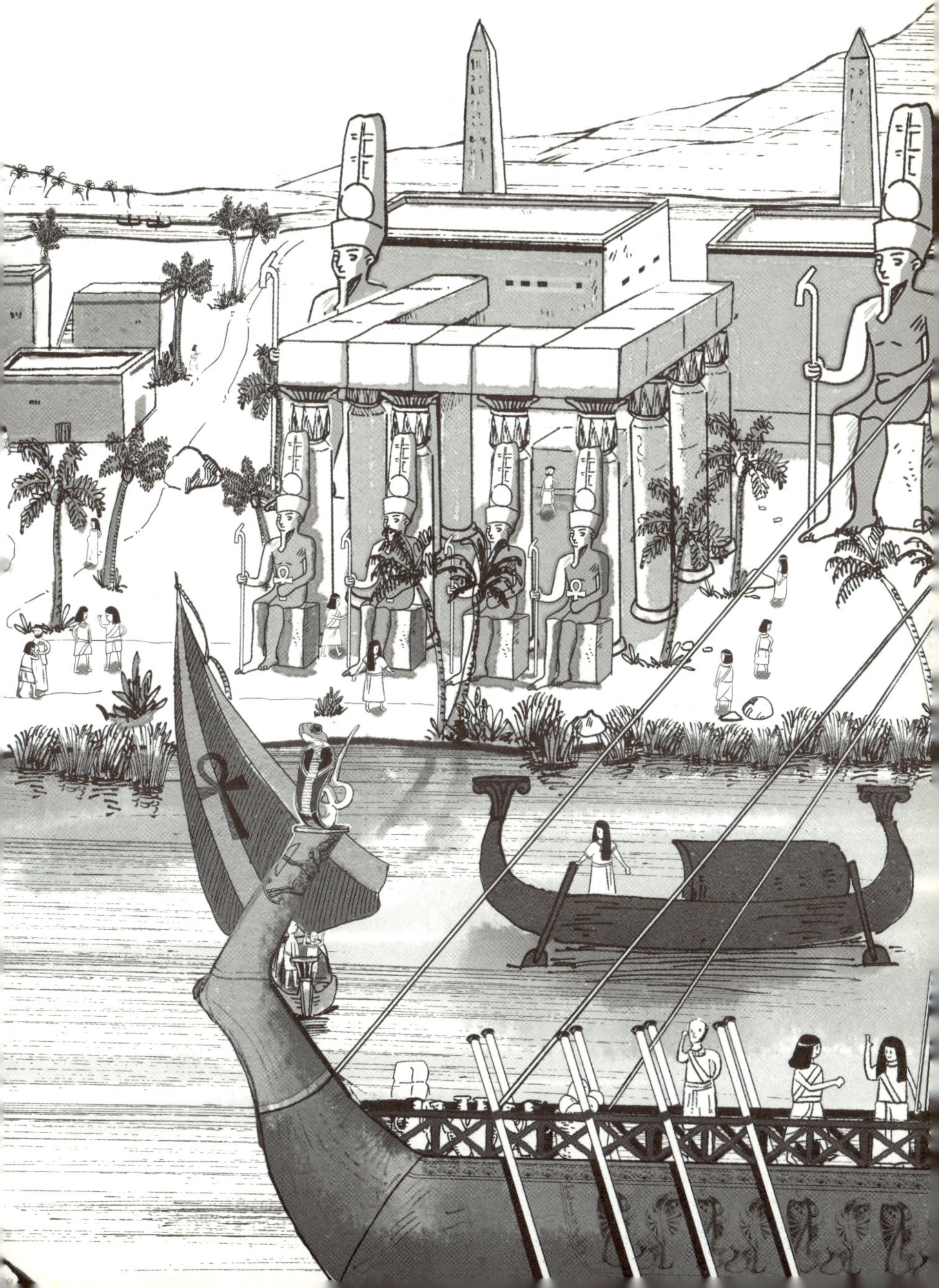

栏杆前，不顾一切地跳进了尼罗河。

仍站在甲板上的卫兵挥舞着手臂，高声怒骂拉姆斯，显然这两个人不会游泳。紧接着，其他人也聚集到栏杆前，但是埃赫那顿并不在其中。

与此同时，拉姆斯正竭尽全力朝岸边伙伴们的方向游过来。

船上传来集结的号声，有人一声令下，一大群卫兵冲向了跳板。

"他们想到岸边来抓他，我们也办得到。"莱昂说道，接着他笑了笑，"我们可以先发制人！"

拉姆斯拼了命地从他们眼前游过，游进了一处芦苇塘。

"快！"莱昂喊道，第一个从藏身之处冲了出来。

伙伴们沿着尼罗河畔泥泞的小径一路小跑，莱昂一直盯着水边的芦苇丛。

突然，拉姆斯不见了。

"我敢打赌，他一定躲到芦苇丛后面去了。"莱昂呼哧呼哧地喘着气说道。

他们听见身后传来响声。

"卫兵来了！"吉米倒吸了口冷气，赶紧把吉娅搂在怀中，"我不愿撞见他们，天知道他们在执行什么任务！"

"没错，我们也必须躲到芦苇丛里去。"莱昂回

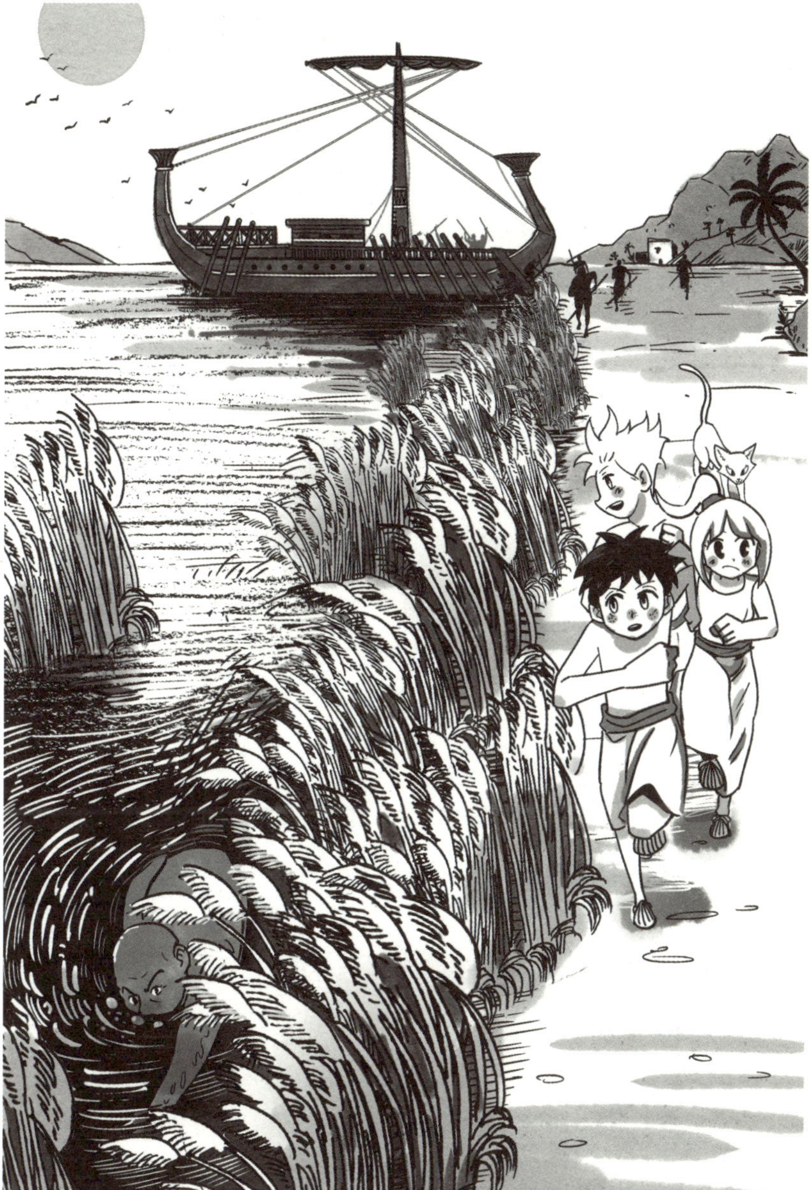

应道。他没等伙伴们缓过神来,直接弯腰拿起自己的凉鞋,亦步亦趋地蹚进浅水里。

芦苇丛给了他们最佳的掩护,水刚刚浸没到他们的大腿处。莱昂听到吉米一个劲地小声咒骂,她在抱怨自己美丽的衣裳被打湿了。

"嘘!"莱昂朝她示意了一下。

话音刚落,卫兵们踩着碎步从他们的身边经过,但丝毫没有发现他们。

很好,莱昂想,但是拉姆斯躲到哪里去了?这时他听到一阵簌簌声响,莱昂左右看了看,发现了拉姆斯,他就蹲在离他们大概两米远的芦苇丛中,惊恐地睁大了眼睛。

"求求你了!"拉姆斯小声央求道,"千万别出卖我!否则我只有死路一条!"

莱昂微微摇了摇头。

"是我……是我不好。"男子结结巴巴地说道,"都是我的错……"

"你企图用蝎子制造这起卑鄙无耻的暗杀,但失败了。"莱昂觉得这个男人令他作呕。

浑身打着寒战的拉姆斯点了点头:"是我的错,他们会惩罚我的,我现在简直生不如死……"

"谁会惩罚你?"莱昂追问道。

拉姆斯的喉咙像是被堵住了似的,默默闭上了嘴。

"快说，是谁指使你的？"莱昂逼问道。

拉姆斯默不作声地退回到水里，渐渐地消失在芦苇丛中。

朱利安一脸迟疑地看了看他的朋友们，他们还要继续跟踪吗？他的目光落到了吉娅身上，随即打消了这个念头——猫咪不会游泳。他说："可惜，拉姆斯压根儿不想说。也许谁是这艘豪华大船的主人，才是突破口。我们可以问问水手或是码头工人。"

他们蹚着水走上小路，不远处就是河岸。四个轿夫刚刚抬起轿子，载着主人，正准备往城里走。

"真遗憾，"朱利安说道，"我们又没看见是谁坐在里面！实行 B 计划——找人问！"

伙伴们装作若无其事的样子，慢悠悠地走向跳板，从那里可以通往大船。

这时迎面走来一名高大强壮的男子，他的上臂肌肉异常发达，面露扬扬自得之意，他的下巴棱角分明，光光的头顶在太阳的直射下就像是刚刚抛过光的玻璃球。他朝尼罗河里猛地吐了一口痰，紧紧地盯着轿子离开的方向，那边有三辆满载货物的大车，车轮轰隆隆作响，向他驶来，不远处还有其他货车正在赶来。

"别浪费时间！"壮汉扯着嗓子吆喝，"快点弄到船上去，快点！"

他是船长吗？朱利安心想，无论如何，他看上去像是发号施令的那种人。

"什么？"其中一个送货的答道，"你付的工钱只是让我们把东西卸在这里。至于怎么弄到船上去，是你的问题，船长。"

壮汉的太阳穴上立刻凸起两根愤怒的青筋。"你们这些厚颜无耻的家伙！"他气势汹汹地吼道。

他左右看了看，发现自己显然没法强迫他们把东西拉到船上去，也许他只有在船上有命令权。

"你们会后悔的。"彪形大汉虽然在威胁他们，但听上去又有点心虚。

送货的男子毫不在意，只顾自己卸着货。不一会儿，跳板旁边就堆满了筐子，里面装着无花果干、枣子、蜂蜜、面包、各种大大小小的双耳瓶和陶罐，还有装着鸡鹅的家禽笼。卸完货后，送货的人连招呼都没打就离开了。

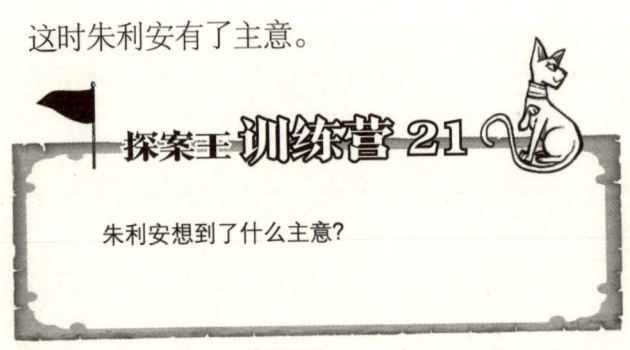

这时朱利安有了主意。

探案王训练营 21

朱利安想到了什么主意？

参考答案在第 131 页，你答对了吗？

答案21

秘密抽屉

"您是不是要找勤快的帮手?"他跑过去问船长。

男子用他那双大手摸了摸自己的脑袋,像是要把头蹭得更光亮的样子:"什么,你们?三个孩子和一只猫?"

"我们很勤快,而且要的也不多。"

船长哈哈大笑地说道:"你们一个子儿也得不到,替这艘船效劳,是你们的荣幸。"

朱利安把手交叉在胸前:"荣幸,怎么说?"

"怎么,你们难道不知道这艘船的主人是谁吗?"

"不知道。"朱利安努力装作不是那么有兴趣打听的样子。

"是属于某位皇族成员的!"船长自豪地说道。

朱利安一下子愣住了。"船主叫什么名字？"他迫不及待地问道。

"你们不一定非得什么都知道。"船长的答案让人很失望，"安全起见，我被告知不能随便透露这个人的名字。今天晚上这个人就会出发，所以我们要了许多补给。现在这些东西堆在太阳底下，我的水手们大部分又都在城里。"他又摸了摸自己的光头，"好吧，就让你们帮忙吧，先从牲畜开始，把这些都拉到甲板下面去。"

"我们真是感到万分荣幸！"朱利安边回答边朝伙伴们使了使眼色。

当伙伴们一人搬起一个家禽笼的时候，船长大声吆喝着几个留下来的水手也去拉东西，但他自己连手指头都没动一下。

朱利安登上船后，大致辨识了一下方位，船分上下两层，上层的船舱里有一个独立的私人房间，应该就是船主的房间。

"别到处瞎转，快去干活！"船长训斥伙伴们。

"好的！"朱利安马上回应道。

他们通过一个梯子来到甲板下面，这里早已堆满了东西，应该是船内的储藏间。

朱利安放下家禽笼，扫视了一下四周，他们现在就在船舱下面。很好！他和吉米、莱昂小声庆祝了一下。

"真搞不懂,这艘豪华大船是属于皇族成员的,"莱昂说道,"那为什么偏偏要把拉姆斯送到这里来?"

"这很简单,也许船主就是幕后元凶?"朱利安有一个合理的猜测。

"但我们没法证明。"莱昂说出了他的看法。

"那么我们必须找出证据……"

吉米皱了皱眉头:"怎么找?"

"那个大房间!我敢断定,船主在航行的时候肯定在那里过夜。"朱利安说。

"你是想进去?"莱昂简直不敢相信自己的耳朵。

朱利安点点头:"就看一眼。"而后调皮地说道,"要不你先去瞧瞧。"

"你去!"莱昂拍拍伙伴的肩膀以示鼓励,"我和吉米放哨,确保你不被人逮住。"

"好吧。"朱利安强装镇定。

当他沿着梯子走到上层时,他知道,这个任务绝对不能有任何闪失,而且这次开弓没有回头箭。

朱利安来到甲板上,环顾了一下四周,周围除了船长空无一人,船长倚靠在栏杆上,一边低头望着码头的人群,一边取笑手下。

朱利安没走几步就到了船舱门口,他打开门,嗖地一下溜了进去,随即反锁上门。

室内一片漆黑,他贴着墙壁,四下张望。窗帘是

深色的，可能是用来遮挡阳光的，但是室内的光线足够朱利安看清东西了。房间内有一张写字台和一个放满卷轴的书架，还有一张带矮桌的卧榻和两个脚凳，这可能是一间集书房与会客功能为一体的房间。朱利安有点无所适从，他该从哪里开始找呢？

这时朱利安听到一声猫叫，吓得心脏都快停止跳动了。他定睛一看，是吉娅，它不知何时神不知鬼不觉地跟进来了。

"你差点吓到我了。"朱利安嘟囔道，但同时暗自高兴，至少他现在不孤单了。

房间后面还有一扇门。朱利安的心扑通扑通地跳得厉害，小心翼翼地走到门这边，打开门后，发现里面只有一张带有考究床罩的大床和许多雕刻精美的箱子——这肯定就是船主的卧室。

朱利安决定还是认真查看会客室。他小心翼翼地从书架上抽出一个卷轴，仔细研究里面的内容，这是关于某项合约的。他又取出另外一份，看了看，同样也没有涉及什么可疑的内容。时间一分一秒地流逝着，他变得越来越焦躁不安，如果这时有人进入房间，一名侍者或者一个水手，该如何是好，吉米和莱昂能及时提醒他吗？

正当朱利安想放弃准备离开房间的时候，吉娅在他面前轻轻叫了一声，他的目光一下子落到了写字台

上。他走近写字台，吉娅则一直在写字台下面钻来钻去。

朱利安蹲下身，看见写字台的底面固定着一个小小的抽屉，如果人们站在桌前，压根不会发现，这是一个秘密抽屉！

朱利安谨小慎微地打开抽屉，发现里面有一份文件。当朱利安把文件拿到窗边时，发现这是一张有关阿赫塔顿的图纸，上面画了一座桥，正好是横跨大路的那座桥。

这不就是那座驾临窗的桥吗！有人在桥上做了个记号，画了条长线。朱利安感到心跳加速，没猜错的话，长线的另一头就是地摊，正是帕尼弗埋伏的地点！

朱利安把图纸翻了过来，发现上面写了几个字，顿时觉得背脊发凉。

"谢谢你，吉娅。"朱利安小声说道。

他看懂了字条的内容后，悄无声息地走到门口，把战利品塞进口袋，觉得万无一失后，才迅速回到伙伴们身边。

探案王训练营 22

朱利安找到的纸条是用古埃及象形文字书写的。对照下面的《古埃及象形文字对照表》，你知道纸上写着什么吗？

参考答案在第138页，你答对了吗？

《古埃及象形文字对照表》

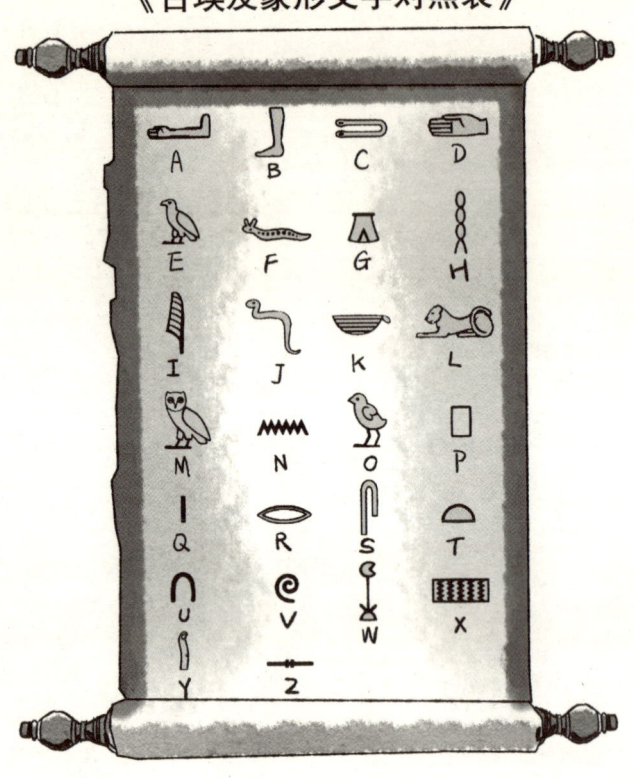

答案 22

艰难的抉择

伙伴们假装还要去码头拿东西的样子,但是他们一离开跳板,就完全无视船长的咒骂,直接撒开腿跑了。

他们上气不接下气地跑回城里,跑到一座水池边才停下脚步喘了口气。朱利安告诉他们船舱里的发现,他摊开图纸,指了指上面的字。

吉米惊得下巴都快掉了下来。"是梅里、帕尼弗和拉姆斯的名字——一名是受害者,另外两名是刺客!现在我们有证据了,这艘船的主人就是幕后元凶!"

"嗯,现在我们还需要知道船主的名字。"朱利安表示。

吉米双手一合:"应该不会太难!我们到处打听下就可以。"

在吉米的带领下,他们走街串巷,问了很多人,都没人能帮到他们。这时吉米看到了给大船送货的那两名男子,就跑过去询问。

"我当然知道谁是这艘船的主人。"其中一个送货的人说。

"那么——是谁?"吉米刨根究底地问道。

"是我们神圣法老的母亲——提伊!"

吉米瞪大了双眼,原来那个坐在轿子里的神秘人物就是提伊!

她谢过那名男子,把伙伴们拉到一边。"你们能想得到是提伊吗?"她喘着气小声说道。

"没,我根本想不到是她。"莱昂承认,"我原本想可能会是埃赫那顿,但是现在看来他和图特摩西斯都是无辜的。"

"那么驾临窗那次的袭击目标不是埃赫那顿,而是纳芙蒂蒂!"吉米断定。

"提伊为什么要这样做?她的动机呢?"朱利安问道。

吉米打了个响指:"我想到了,伙计们!你们还记得图特摩西斯说过,当纳芙蒂蒂进入埃赫那顿的生活后,提伊渐渐失去了她的权势。对于纳芙蒂蒂,提

伊是不是有点怀恨在心？因为纳芙蒂蒂的出现，她现在不能过问朝政，儿子也不听她的话了。我们一定要进宫，说出一切！毕竟我们现在终于有证据了！"

伙伴们飞奔来到皇宫，跟门卫费了点口舌后，进到了宫里。在去谒见大殿的路上，他们听说，虽然发生了暗杀纳芙蒂蒂的事，谒见会仍照常举行。

民众已经离开了皇宫，只有一群侍者围绕在埃赫那顿和纳芙蒂蒂的身边，法老夫妇的身后站着大臣阿亚。

"怎么又是你们？"法老的声音听上去有点不待见他们。

吉米不知该如何开口，他们想要控告的是法老的母亲，但是即便手握证据，万一法老不相信他们的话该怎么办？如果他不愿听到真相的话又该怎么办？

"有什么事？我等着呢！"埃赫那顿面露不悦。

纳芙蒂蒂向吉米点头示意，虽然这只是个小小的动作，但是却赋予了女孩足够的勇气。她寥寥几句就把事情全盘托出，告诉了法老夫妇全部真相。法老看上去惊愕万分，虽然他的脸色越来越难看，但吉米仍未退缩。一旁的纳芙蒂蒂却摆出另一副表情，她好像并没有很意外。

"如果你们拿不出什么证据的话，我就把你们送去喂鳄鱼！"法老似乎在压制着内心的愤怒。

吉米冷汗直冒,她向朱利安做了个手势,男孩立刻向法老夫妇呈上了那份他在秘密抽屉中发现的图纸。

埃赫那顿皱着眉头仔细研究了一下那份文件,他的脸色更加苍白了。随后他派出一名侍者去传唤他的母亲。

不一会儿,提伊出现了,她看了看埃赫那顿,又看了看纳芙蒂蒂。

"这是你的字迹吗?"她的儿子晃了晃手中的莎草纸问她。

吉米紧张地握紧了手中的拳头,好戏要上演了!

提伊走上前,看了一眼图纸,顿时语塞。

"你这是从……哪里拿到的?"她支支吾吾地问道。

埃赫那顿告诉了她。

提伊用充满恨意的眼神盯着伙伴们,吉米下意识地向后退了一步,吉娅弓着身子,冲她直叫。

法老揉了揉自己的太阳穴。"求你了!"他央求道,"求你了,母亲!以阿顿神的名义,告诉我,你和此事无关,母亲!"

提伊挺起胸膛,嘴巴抿成一条线。"没错,这是事实。"她承认道,"我付钱给帕尼弗,让他在驾临窗除掉纳芙蒂蒂……"

吉米点点头,难怪帕尼弗在被捕的时候还笑得出

来，而且如此从容不迫——因为他是奉提伊，也就是法老的母亲之命行事！

"也是你指使拉姆斯的，对不对？"纳芙蒂蒂追问道。

提伊看着地板说道："是的，我收买了两个卫兵押送他上我的船，阻止他被你们的卫兵审问，怕他泄露我的名字，但还是让他逃脱了。"

埃赫那顿抬起头，痛苦地问道："为什么你要做这一切？"

他的母亲看了看纳芙蒂蒂，恶毒地笑了："你被这女人冲昏了头脑。你难道没有意识到吗？纳芙蒂蒂把你从我身边夺走了。她还处心积虑，把我这个不受人待见的婆婆留在了底比斯，不能一起搬来阿赫塔顿。自从她出现后，我的儿子，你再也听不进我的话了！"

吉米又点了点头，如她所料，提伊会这样做完全是出于妒忌心！

埃赫那顿把脸埋进了自己的掌心，痛苦地问道："那么为什么要杀死梅里？这也跟你有关吗？"

"是的，"她回答道，"帕尼弗杀他，是要终结这荒唐的阿顿神崇拜，毕竟梅里是大祭司！在你与纳芙蒂蒂成婚之前，所有的一切都井然有序。但是在她的影响下，你推行宗教改革，这是误入歧途！梅里的

死是恢复旧秩序的第一步。"

"帕尼弗就是你的棋子,"法老缓和了一下自己的情绪,"你许诺了他什么?"

"恢复原本属于他的阿蒙神大祭司的头衔!"她不假思索地回答。

法老叹了口气,富丽堂皇的大殿陷入了一片死寂。

吉米看了看埃赫那顿,很明显,他在做思想斗争。她心想,法老虽然爱他的母亲,但现在却失望透顶。

大殿里所有的人都在等待着法老对自己母亲最后的审判。

"请您今天回底比斯,"埃赫那顿命令他的母亲,"不许再踏入阿赫塔顿半步!"

提伊的眼里噙满了泪水:"我活不了多久了,你竟然还要驱逐我?"

"是的。"埃赫那顿毫不留情地回答她,"趁我还没有改变想法,请您尽快消失在我眼前!"

这时大臣阿亚上前一步,看了一眼提伊,挖苦道:"法老甚至可以处死您。"

"闭嘴!"法老训斥道,"让我一个人静静——都给我出去!"

一刻钟后,伙伴们走进雕塑家图特摩西斯的房子,吉米提议告诉他今天发生的一切。

他们在工坊里找到图特摩西斯,吉米告诉他刚刚发生的一切,大师震惊地说道:"什么?提伊是幕后主使?"雕塑家沉默了一会儿后,拿起一块粗布把工坊里的工具捆在一起。

当他注意到伙伴们用一种不解的眼神看着他时,解释说:"我也要离开城里了,她没有带给我幸福。像提伊一样,我也要去底比斯,在那里谋生。我不想再见到纳芙蒂蒂了。"他指了指缺了一只眼睛的半身像,"我会把这东西留在这里,它让我有太多痛苦的回忆……"说着,他从另一捆东西里面掏出一个护身符,是一个小人,头戴一顶高高的王冠,右手持着一个权杖。

吉米的眉毛挑得老高,这一定就是那天晚上朱利安在雕塑大师的房间里发现的那个阿蒙神护身符。

"除此之外,底比斯作为老首都,人们对旧神祇阿蒙神还报以敬意——当然是暗地里。"图特摩西斯若有所思地看了看伙伴们,意味深长地笑了笑,"我谢谢你们,不过抱歉,我不能再雇佣你们了——我自己在这里已没有任何前途可言。"他继续说道,"但你们聪明伶俐,相信你们很快就能在阿赫塔顿找到其他活干。祝你们一切顺利!"

伙伴们告别了图特摩西斯,离开了那栋宏伟的房子。

"那么，我想，是时候……"吉米轻声说道。

"回家！难道不是吗？"莱昂高兴地附和道。

吉米点了点头："谜团解开了，我们知道了半身像缺了一只眼睛的原因，我们也查出了谁是暗杀事件的幕后元凶，是时候离开了。"

"吉娅肯定是一百个不情愿。"朱利安补充道。

吉米朝猫咪俯下身，把它紧紧搂在胸前。"是的，你肯定想多留会儿，我的小心肝儿。但是我敢向你保证，这肯定不是我们最后一次来埃及。"

吉娅用它那神秘的绿眼睛打量着吉米，她试着解读它的眼神，这时猫咪冲她眨了眨眼睛。

吉米想，管它是巧合也好，是故意为之也罢，这就算是同意的信号吧。

"好了，伙计们，"吉米说，"那我们就……"

他们一同来到了桥边，就是那座中间是驾临窗的桥。这时，有一辆笨重的大车正朝着塔楼的方向轰隆隆地驶去，伙伴们跟在车旁，避免有些人投来好奇的目光。他们登上塔楼的高处后，直接走了进去，一路畅通无阻，没有石头，也没有灰浆……

天宝把他们带回了老家西本塔恩。

探案王训练营 23

幻方也是一种中国传统游戏。旧时在官府、学堂中多见。它是将从一到若干个数的自然数排成纵横各为若干个数的正方形，使在同一行、同一列和同一对角线上的几个数的和都相等。

反幻方是指在一个由若干个排列整齐的数组成的正方形中，图中任意一横行、一纵行及对角线的几个数之和不相等，具有这种性质的图表，称为"反幻方"。

反幻方与正幻方最大的不同点是幻和不同，正幻方所有幻和都相同，而反幻方所有幻和都不同。所谓幻和就是幻方的任意行、列及对角线几个数之和。

请在以下方框中填入 1-9 缺失的数字。

幻方题：

	9	
7		3
	1	

反幻方题：

1		3
7		5

参考答案在第 148 页，你答对了吗？

答案 23

慧眼识艺术

莱昂舔了舔冰激凌,那是他和吉米、朱利安在号称世界上最好吃的"威尼斯"冰激凌店里买的。伙伴们站在学校的礼堂里,身边陪伴着那只无比美丽的、眼珠是祖母绿色的猫咪。它趴在莱昂的脚边,盯着舞台的方向。校长站在上面,正在发表长篇大论。

莱昂有点心不在焉,他迫不及待地等着校长宣布展览开幕。因为开放日活动,礼堂临时变成了艺术大厅,艺术展品只展出学生的作品——其中就包括莱昂、朱利安和吉米在艺术课上制作的陶土头像。

修改了几次后,莱昂对他的作品相当满意,即使吉米半开玩笑地称之为"长了耳朵的青蛙头"。

校长的讲话终于结束了,掌声响起后,观众们离

开座位,开始欣赏作品。现场除了家长,甚至还有媒体到来。

那么,成年人会对他们的作品做何反应呢?莱昂、朱利安和吉米就站在自己作品的不远处,他们竖起耳朵,想听听大家是如何评价的。

一位女士弯下腰认真看起莱昂的作品,对她的丈夫说道:"这个头像很不错,对不对,雨果?"

"还好吧。"

"不,我觉得,这是一尊充满创意的头像,这可不是徒有虚表的无聊作品!"

"你说得没错,海尔嘉。"

夫妇继续往前走。

"哈,你们听见了吗?"莱昂高兴地说道,"一尊充满创意的头像。他们两个还算有点艺术品位。"

"我看卷心菜头的说法更合适。"吉米喜欢开玩笑。

"你只是嫉妒罢了。"

这时过来一个年轻人,可能是某个同学的哥哥,他盯着朱利安的半身像看了好一会儿,傻乎乎地笑了笑。"看,"他对同伴说道,"那里少了一只眼睛,怕是忘了吧?"

莱昂看到朱利安用手捂住了嘴,以防自己笑出声来。

"这是模仿了著名的纳芙蒂蒂半身像。"莱昂向年轻人解释。

"呃……谁?"年轻人疑惑道,显然历史老师的话他是左耳进,右耳出。

"纳芙蒂蒂,"莱昂放慢语速重复了一遍,"是一位古埃及法老的妻子。她的半身像缺少了一只眼睛,三千年前的艺术大师在创作这座半身像的时候就是故意这样做的。"

年轻人的表情一下子就变了:"你是怎么知道的?"

莱昂意味深长地笑了笑:"也许我当时在场……"

站在对面的这个年轻人敲打了一下自己的额头:"对哦,也许你有个时光机,能去任何时间,任何地方……"

莱昂瞧了瞧吉米和朱利安,三个人忍不住哈哈大笑起来。

阿赫塔顿的短暂繁荣

　　许多研究纳芙蒂蒂的作家和历史学家，对于其半身像（目前陈列在柏林新博物馆）缺失了一只眼睛的原因，有着各种各样的探讨。为什么艺术大师图特摩西斯要舍去这只眼睛？其中一种猜想就是本书中提到的，图特摩西斯爱上了纳芙蒂蒂，但是这份爱得不到回应，因此他以半身像缺失一只眼睛作为复仇的方式。历史学家认为这一猜想非常合乎情理，但是这一说法目前还没有任何直接证据证明。

　　作家的创作想象力产生于纳芙蒂蒂遇袭事件。阿蒙诺菲斯四世十二岁登基，提伊起初代替年少的儿子执掌朝政。阿蒙诺菲斯四世十三岁的时候与年长他五岁的美丽的纳芙蒂蒂成婚，十七岁的时候改名为埃赫

那顿。事实上，在儿子与纳芙蒂蒂成婚后，提伊对儿子的影响力也被一点点削弱。此外，提伊将封号"主要女继承人""王后""两法老王后"（指上埃及和下埃及）以及"南北王后"都让位于纳芙蒂蒂，而这让提伊这样一位有权力欲和熟谙政治游戏的女人一时难以适应。

纳芙蒂蒂不是埃及人，她来自米坦尼王国。据历史学家推测，她视埃及的多神崇拜为眼中钉，主张信奉唯一神。

也许是在她的影响下，阿蒙诺菲斯四世废除了埃及自古以来的众多神祇，选择了唯一的阿顿神，而在过去，阿顿神只是埃及众多神祇中的一个边缘角色。这是从多神崇拜改成尊崇唯一神的第一步。

纳芙蒂蒂不是法老的一件附属品，她和法老共同摄政，是一位具有强大影响力的王后。

新宗教不仅需要新的祭司和全新的神庙，根据埃赫那顿的想法，新信仰还需要建立新的首都。

因为法老担心在底比斯很难打破旧神祭司们强大的旧势力，所以法老在一个完全荒芜的沙漠中建起了一座新城。新城大约位于底比斯北面四百千米处，并以难以置信的速度建成，仅仅用了三年时间——大约在公元前1360年，法老夫妇就搬进了新的宫殿。

根据埃赫那顿的旨意，所有的行政机构也同样搬

迁到新首都。还有被迫跟随而来的普通百姓、农民、工人和手工艺者，因为工人和手工艺者只有在新首都才能得到订单，养活家人。

　　提伊——埃赫那顿如此爱戴的母亲——却留在了底比斯，只是偶尔去远方探望她的儿子。

　　宏伟无比的阿顿神庙位于阿赫塔顿，受到特别的重视。埃及历史上再也找不出能与此媲美的供奉唯一神的雄伟建筑，仅仅这一千八百座祭台，就可见神庙空前绝后的规模。

　　但是法老夫妇的宗教改革遭遇了重重阻力。书中所提到的阿蒙神起义事件实际上也极有可能发生过。祭司们的动机也可以理解，不是所有人都能在背弃原有的信仰后得到新的职位，有的甚至失去了基本的生活保障。

　　法老夫妇被认为是人间的神，而且是阿顿神的唯一代表。他们宣称，只有通过他们（和几位高阶祭司）才能与阿顿神建立联系。

　　阿赫塔顿逐渐兴旺繁荣起来，这座城市有着独一无二的神庙，它不仅是新宗教的中心，也是新艺术流派的中心。像图特摩西斯这样的艺术大师创作的作品写实且生动，著名的纳芙蒂蒂半身像就是最好的佐证，专家称之为"阿玛纳风格"（阿玛纳是阿赫塔顿今天的名字）。此外，在宫殿的地上和墙壁上都能找

到栩栩如生的动物形象。

法老夫妇一定是疏忽了对外政策，帝国的边境地区充斥着大规模的暴动，而埃赫那顿和纳芙蒂蒂并没有坚决对抗，让这些地区落入了邻国的政治对手手里。

埃赫那顿三十岁左右驾崩，不久之后，阿赫塔顿就被人遗弃了。这可能是阿赫塔顿没能持续繁荣的其中一个原因。至于纳芙蒂蒂，则下落不明。

法老的继承人应该是斯孟克卡拉，有些研究人员相信，斯孟克卡拉就是纳芙蒂蒂，但是还没有确凿的历史证据能够证明。

这个斯孟克卡拉事实上执政时间不到一年，之后的继位人不存在任何争议，就是著名的法老图坦卡蒙——当时还是图坦卡顿，登上了历史舞台。很多人认为，图坦卡蒙是埃赫那顿的儿子。因为他继位的时候还未成年，所以有一位辅佐大臣阿亚，就是他的父亲在位时候的那位大臣。在图坦卡蒙的统治下，一切旧有秩序得到了恢复，古代神祇阿蒙神也回到了原来的地位（因此他改名为图坦卡蒙）。新任法老把内廷、官员和老百姓一同迁回了底比斯——终结了阿赫塔顿的历史。

图书在版编目（CIP）数据

埃及艳后的眼睛／（德）法比安·蓝柯著；苏丹译.—福州：福建少年儿童出版社，2021.7
（少年探案王：最强大脑版）
ISBN 978-7-5395-7420-2

Ⅰ.①埃… Ⅱ.①法… ②苏… Ⅲ.①儿童小说—长篇小说—德国—现代 Ⅳ.① I516.84

中国版本图书馆 CIP 数据核字（2021）第 020717 号

Title of the original German edition:
Die Zeitdetektive – Das Auge der Nofretete
Author: Fabian Lenk
Copyright ©2011 Ravensburger Verlag GmbH,Ravensburg (Germany)
Chinese language edition arranged through
HERCULES Business & Culture GmbH, Germany
All rights reserved.

福建省版权局著作权合同登记 图字：13-2020-057 号

少年探案王·最强大脑版
AIJI YANHOU DE YANJING
埃及艳后的眼睛

出 版 人：陈　远
总 策 划：袁丽娟
执行策划：黄　萍
责任编辑：林京京
美术编辑：霍　霞
封面绘制：冰　戈
插图绘制：王　杰
封面设计：霍　霞　几木艺创
版式设计：潘　洋

作者：［德］法比安·蓝柯　著　苏丹　译
出版发行：福建少年儿童出版社
http://www.fjcp.com　e-mail:fcph@fjcp.com
社址：福州市东水路 76 号 17 层（邮编：350001）
经销：福建新华发行（集团）有限责任公司
印刷：福州德安彩色印刷有限公司
地址：福州市金山浦上工业园区 B 区 42 幢
开本：890 毫米 ×1270 毫米　1/32
字数：85 千字
印张：5　　　插页：4
版次：2021 年 7 月第 1 版
印次：2021 年 7 月第 1 次印刷
ISBN 978-7-5395-7420-2
定价：25.00 元
如有印、装质量问题，影响阅读，请直接与承印者联系调换。
联系电话：0591-28059365